俄耳甫斯诗译丛

Carl Sandburg
Smoke and Steel

卡尔·桑德堡
Carl Sandburg
1878—1967

诗人、作家、记者、编辑，三度普利策奖获得者，被誉为"美国现代文学的丰碑"，因其诗作深受民众喜爱，又被称作"人民的诗人"。

桑德堡生于美国伊利诺伊州一个瑞典裔铁匠之家。十三岁即辍学进入社会工作，最初帮人运送牛奶，其后做过理发店杂工、廉价剧院换布景员、砖厂机车手、陶器厂车工学徒、丹佛和奥马哈酒店洗碗工、堪萨斯州小麦田收割手等。曾有过一年军旅生涯，归来后进入格尔斯堡的伦巴第学院学习，并开始文学创作。代表作：《亚拉伯罕：战争的年代》《芝加哥诗抄》《日灼西方的石板》《烟与钢》等。

桑德堡承继惠特曼的精神传统，以粗犷豪放、一泻无遗的直白风格闻名，作品融合情绪、语调、意象，蕴藏巨大能量，富有辛辣的活力与高迈的激情。他广泛地（且漂亮地）采用极具隐喻性的俚语入诗，以日常讲话的节奏描绘先驱开拓的岁月里的赤裸而强劲的现实，缔造了美国工业主义年代的史诗。

在他的诗中，有钢的祷告——喷烟的烟囱、淬火中的链轮、蓝衣的底层工人，有庞沛的想象力——人类与机器的梦想，有沉默——进入梦乡的摩天大楼和浸泡在阳光中的玉米田，有遥远年代的孤独——城市瓦砾之间的空地等景象。博尔赫斯曾评价道："在桑德堡身上有一种疲倦的忧伤，一种平原傍晚时的忧伤，泥沙浊流的忧伤，无用却又精确回忆的忧伤，一个在白天和黑夜之间感受到时光流逝的男人的忧伤。"

烟与钢：桑德堡诗选

〔美〕卡尔·桑德堡 著
钟国强 译

译林出版社

俄耳甫斯队列

凌越

在古希腊神话里，有关俄耳甫斯不多的表述，构成了一个极为复杂的诗人形象。这个形象是后世诗人的隐喻，也可以说是某种意义上的谶语。首先，作为河神奥阿格罗斯和缪斯卡莉俄佩的儿子，俄耳甫斯自然是典范的诗人，他的歌声如此动听，以至于可以使树木弯枝，顽石移步，野兽俯首，波浪平息。奥维德在《变形记》中这样描述俄耳甫斯：

就是说歌手牵来了这样一个小树林，他坐在
中间，被野兽和荒地围绕着，被一群群鸟儿。[1]

---

[1] 里尔克，《致俄耳甫斯的十四行诗》，林克译。重庆：重庆大学出版社，2015年，第129页。

这是诗歌特有的蛊惑力的形象化处理，诗人依靠自身的凡人之躯，利用自己的歌声（词语）掌握了神奇的力量，在接通词语感应器的某个瞬间，诗人仿佛就是神祇的化身，他是一瞬间的通灵者，他是电光石火间那张智者的面容。

　　为了凸显俄耳甫斯所掌握的神奇伟力，一种悲剧性的力量一直与其如影随形。在那幅万兽温顺地聆听俄耳甫斯歌唱的宁静画面之后，是其妻欧律狄克被蛇咬伤致死。为了挽回妻子的生命，俄耳甫斯下到地府，以自己的歌声驯服了守护冥界出口的恶狗刻耳柏洛斯，使复仇女神流出眼泪，使冥界王后珀耳塞福涅深受感动。于是，他们准许俄耳甫斯把妻子带回人间，但前提是在走出冥界前，他不能回头看他的妻子，也不能和她说话。

　　如果故事到此为止，那是诗人和词语完胜死亡和宿命的画面，但那无疑是一种轻佻的胜利，它来得太过轻易而让人生出疑窦。的确，上天不会轻易放过诗人，所有人凭直觉就可以猜测到坎坷的命运还等在后面，警觉的鹰犬埋伏在人生的每一条岔道里伺机而动。

　　因为长久的寂静所形成的压迫感，因为歌声被封锁在语言的棺椁里，俄耳甫斯终于回过头来，立刻置自己最心爱的人于万劫不复的境地。这是他放弃语言带来的最深重的惩罚，可悖论是，这恰恰也是他必须遵守的契约。在此，诗人的形象越发清晰了，他勇猛睿智，手握语言的利器，似乎无往而不利，但语言本身的复杂，它强大的后坐力往往将诗人置于极为被动的境地。在更长远的视角里，在时间魔术师众多的玩偶里，诗人不得不是那个面对惨景的哀泣者——为死亡，为命运的无常，而之前他所拥有的美妙歌声竟然只是为了镂刻出此刻的悲戚。

悲剧仍在继续，俄耳甫斯因为拒绝参加狂欢秘祭激怒了酒神狂女迈那德斯，而被那些女祭司撕成碎片，但即便如此，俄耳甫斯死后，他被砍掉的头颅仍然在歌唱，而他的古琴也在继续鸣响——也许这浸染着血腥、死亡、悲愤、勇气和骄傲的声音，正是后世一代又一代诗人飞蛾扑火般投入词语队列里的原因吧。以无惧死亡的勇气，去获取平息万物躁动的美妙乐音，这是所有诗人共同的愿景；从这里，他们有望获得俄耳甫斯以死亡练就的语言炼金术，并借由语言而获得永生。

我们将这套酝酿多年的外国诗歌译丛，谨慎地命名为"俄耳甫斯诗译丛",正是因为俄耳甫斯这个经典诗人形象所蕴含的复杂况味,这个集技艺、勇气、痛苦和不屈于一身的诗人,恰恰是我们这个译丛渴望获得的品质。在第一辑推出霍夫曼斯塔尔、布莱希特、勒内·夏尔、翁加雷蒂、安德拉德这几位杰出的西方诗人之后,构成第二辑的依旧是一组可以坦然归属于俄耳甫斯队列的名字——桑德堡、维多夫罗、尤若夫·阿蒂拉、塞克斯顿、阿赫玛杜琳娜和安妮·卡森。我想珀耳塞福涅会继续为他们精彩的诗句动容,而欧律狄克的苏醒则是所有后来的书写活动所指向的唯一目标。

这个以俄耳甫斯为首的队列,将同时照亮天堂和地府,将使"廊柱震颤不已"[1],而你所能做的"就是为它们创造聆听之神庙"[2]。让我们像动物那样俯下身来,去倾听那闪光的词语从诗人嘴里所发出的声音。

---

1 里尔克,《致俄耳甫斯的十四行诗》,林克译。重庆:重庆大学出版社,2015年,第6页。
2 同上。

目 录

卡尔·桑德堡（路易斯·恩特梅尔）　　　　　　　　　　*i*

选自《芝加哥诗抄》（1916）

芝加哥　　　　　　　　　　*3*
速写　　　　　　　　　　　*5*
民众　　　　　　　　　　　*6*
迷失　　　　　　　　　　　*7*
港湾　　　　　　　　　　　*8*
他们会说　　　　　　　　　*9*
厂门　　　　　　　　　　　*10*
哈斯特德街车　　　　　　　*11*
地铁　　　　　　　　　　　*13*
马车夫的告别　　　　　　　*14*
叫卖的鱼贩　　　　　　　　*15*
游艇　　　　　　　　　　　*16*

挖土工	17
列入黑名单	18
玛格	19
安娜·茵萝丝	20
玛米	21
个性	23
累积	24
致某些熟练工	26
特快	27
在后巷	28
一枚硬币	29
爆破手	30
运冰工	31
杰克	32
黑人	33
风格	35
帽檐下	37
一口气	38
铜	40
准备杀戮	42
摩天大楼	44
雾	48
绯红	49

波动	*50*
亲属	*51*
白皙的肩膀	*52*
铁器	*53*
统计	*55*
纽扣	*57*
而他们服从	*58*
颚	*59*
战争	*60*
战争和终结	*61*
狮身人面像	*63*
致一个死人	*64*
收获月下	*65*
后院	*67*
防波堤上	*68*
我歌唱	*69*
六月	*70*
废砖厂夜曲	*71*
窗	*72*
哥儿们	*73*
罂粟	*75*
孩子月	*76*
玛格丽特	*77*

卖笑的人	78
哈里森街法院	79
准海默尔酒馆	80
离去	81
一整天	83
老妇人	84
流浪汉	85
我是人民，民众	87
政府	88
语言	90
给离世意象派的信	92
废品商	93
银钉	94

选自《剥玉米皮的人》(1918)

大草原	97
伊利诺伊州农民	112
安打与得分	113
夏末村庄	114
奥马哈酒店窗外日落	115
静物	117

乐队音乐会	118
地方	120
马尼托巴省公子罗兰	123
芝加哥诗人	127
比尔贝	129
南太平洋	130
洗衣妇	131
一辆汽车的写照	132
野牛比尔	133
钢的祷告	135
漫画	136
室内	137
给黎明前出发者的赞美诗	141
基奥卡克附近	142
律师	143
三个球	144
单调乏味	145
指节套	146
楼上	149
泥水匠的爱	150
冷冢	151
老奥萨沃托米	153
草	154

滴水嘴兽 *156*

房子 *157*

来自发白的嘴唇 *159*

一百万年轻工人，1915 *160*

烟 *161*

选自《烟与钢》(1920)

烟与钢 *165*

巴尔的摩与俄亥俄铁路上的五座城镇 *177*

工作党 *178*

帽子 *181*

他们都想演哈姆雷特 *182*

手动系统 *184*

条纹 *185*

赌双骰的人 *186*

红发的餐厅收银员 *188*

共谋 *189*

在家的刽子手 *191*

人，人的猎人 *193*

沉默的围裙 *195*

死神掐着骄傲的人 *197*

"老派的报答式爱情"	198
奥萨沃托米	199
律师知道得太多了	201
三	203
美国远征军	205
浮雕	206
而这就是一切吗？	207
海水冲刷	209
海尔格	210
婴儿脚趾	211
贪睡者	212
宝拉	214
法洛克威之夜，直至早晨	215
西班牙人	217
既成事实	218
格里格死了	220
三一安宁	221
杰克·伦敦与欧·亨利	223
两个陌生人的早餐	224
一块电招牌暗了下去	225
他们购买时着眼于外表	228
微光	230
白灰	231

轻歌舞剧的舞者	*233*
二月的波托马克镇	*235*
野牛黄昏	*236*
全新农用拖拉机	*237*
丹	*238*
摩天大楼爱上夜	*239*
我的人民	*240*
伤感	*241*

选自《日灼西方的石板》(1922)

风城	*245*
在坟墓的门口	*270*
危险职业	*273*
道具	*275*
悲伤大使	*277*

选自《早安,美国》(1922)

早安,美国(选二)	*281*
小小的家	*284*

乳白的月光，让牛睡下	285
缓慢程序	286
夕阳	287
对纽约的三种看法	288
脸	290
夜曲两首	291
他们年轻时相遇	292
神秘传记	294
札记	295

选自《人民，是的》(1936)

17	299
19	301
21	306
107	307

选自《诗全集》(1950)

布里姆	315
被遗忘的弗朗索瓦·维庸	317

锤子　　　　　　　　　　　　　319
锤击　　　　　　　　　　　　　320
尘埃　　　　　　　　　　　　　321
我们要有礼貌　　　　　　　　　322
月亮狂想曲两首　　　　　　　　324
我们的地狱　　　　　　　　　　326

卡尔·桑德堡[1]

路易斯·恩特梅尔[2]

卡尔·桑德堡（Carl Sandburg），一八七八年出生于美国伊利诺伊州一个瑞典裔家庭。他的求学过程断断续续，随遇而安，十三岁即辍学进入社会工作，最初帮人运送牛奶，其后六年，先后做过理发店杂工、廉价剧院换布景员、砖厂机车手、陶器厂车工学徒、丹佛和奥马哈酒店

---

[1] 文章出自路易斯·恩特梅尔编选的《现代美国诗选》(*Modern American Poetry: An Anthology*) 中桑德堡一辑内的简介。

[2] 路易斯·恩特梅尔（Louis Untelmeyer, 1885—1977），美国诗人、批评家、翻译家、编辑、选集编选家，编著作品近一百种，包括《挑战》(*Challenge*, 1914) 等二十多种诗集，以及《现代美国诗选》《现代英国诗选》等多种重要诗选集。恩特梅尔编选的美国诗选，自1919年起即备受好评，不仅协助奠定了罗伯特·弗罗斯特（Robert Frost, 1874—1963）、艾米·洛威尔（Amy Lowell, 1874—1925）等美国诗人的文学声誉和地位，更广泛用作美国大学和中学的教科书，影响深远。

洗碗工、堪萨斯州小麦田收割手等。这些工作经历，比一般学习生涯更充实，让桑德堡得以成为美国工业化时期的桂冠诗人。一八九八年美国向西班牙宣战，桑德堡因渴望追求新鲜的冒险经历，毅然参军，加入了伊利诺伊州第六志愿军第三连。

桑德堡从波多黎各的战场回来后，进入格尔斯堡（Galesburg）的伦巴第学院（Lombard College）学习，并平生第一次开始进行文学方面的思考。由于他已从许多大城市躁动喧嚣的横街窄巷，以及篷车的车底看遍世界百态，也有异常丰富的闯荡、战斗和表现自己的经历，所以这个"可怕的瑞典人"能以篮球队队长的身份不断地带领球队赢得胜利，而且更广受同学们崇拜，被选为校报主编，也就不足为奇了。

离开校园后，桑德堡为维持生计，做过很多领域的工作。他出任过一家百货公司的广告经理，也为威斯康星州的社会民主党（Social-Democratic Party）做过地区组织工作。他还当过销售员、小册子写手、记者等。他为一家商业杂志打工时，又成为一个"安全第一"的专家；他撰写的预防意外的文章，让他获邀参加厂商会议，在席上介绍能有效减少工业意外的机器防护方法。

一九〇四年,桑德堡出版了一小册只收录二十二首诗作的诗集,虽然水平参差,但在感觉上竟出奇地与他成熟期的作品相似。此外,这些诗作实验,预见了后来作品中极其抑扬变化的语调,并处处透显与亨利[1]、林肯和惠特曼的精神传承。这些早期实验(押韵的诗除外),其中几首即使置于桑德堡最新的诗集中,也绝无违和感。《烟与钢》(*Smoke and Steel*, 1920)的语言风格是比较强化的,但《米尔维尔》(*Milville*, 1903)也无疑属于同一风格,它是这样开首的:

他们在新泽西州以南制造玻璃。

日日夜夜,烈火在米尔维尔燃烧,叫沙子放进光明。

与此同时,桑德堡的记者身份不断地苦苦挣扎,以求维持诗人这身份的生命力。桑德堡直至三十六岁时,在文

---

[1] 威廉·欧内斯特·亨利(William Ernest Henley, 1849—1903),英国诗人、编辑、文学评论家。

学界仍然寂寂无名。一九一四年，他有一组诗作刊登于《诗刊》(*Poetry: A Magazine of Verse*)，同年稍后，他的一组诗——现今闻名于世的《芝加哥》("Chicago")，荣获"莱文森奖"[1]（Levinson Prize），获得奖金二百美金。一年过后，他的第一本完备著作终于问世，虽然步伐缓慢，但桑德堡还是欣庆自己能够功成名就。

《芝加哥诗抄》(*Chicago Poems*, 1916) 充满激动人心的力量；它一泻无遗的直白风格，负载着巨大能量，让人读来热血沸腾。这几乎是一种兽性的狂喜，也是一种拔高的激情。桑德堡的语言虽然简单，但深具力量；他广泛地（且漂亮地）采用俚语入诗，一如他的前辈诗人当年采用那些现已过时的口语。这些诗，立即就引来不少反对的声音：桑德堡是粗糙的、野蛮的；他的作品丑陋而歪扭；他的语言俚俗，不够精练，不适合诗。那些低贬他的人似乎忘记了，桑德堡只有在面对野蛮暴行时才会显得野蛮；而在其坚忍的个性底下，他其实是最温柔的在世诗人之一；

---

[1] "莱文森奖"，是以萨尔蒙·奥利弗·莱文森（Salmon Oliver Levinson, 1865—1941）命名的诗歌奖，自1914年开始每年颁发，桑德堡为第一位获得该奖的诗人。

当他运用口语及极富隐喻性的俚语时,他是希望能在"轻快、耐嚼、凶猛的字句"中寻找一种全新的诗学价值——这其实无意中回应了惠特曼的问题:"你以为这些州份的自由和力量,都只是和纤巧精致的仕女话语有关?都是和过分讲究的绅士话语有关?"

《剥玉米皮的人》(*Cornhuskers*, 1918)是桑德堡向前更进一步的作品;一如其前作,这部诗集同样影响深远,但触角更为敏锐。开篇第一首诗,即展现大草原壮观的全景视野,显然可见比之前大为增强的诗力和节制力。这点与澎湃起伏的挪威传奇相仿;《剥玉米皮的人》热衷于一种辛辣的活力,一种对大自然一切壮丽的和骇人的事物的巨大感应。但那种原始暴力,已被压抑在一种神秘主义中。在这本诗集里,有不少关于美丽事物的精致感悟,必然会让那些以为桑德堡只能写些大拳头、粗脖子之类的诗的人感到惊诧。其中的《冷冢》("Cool Tombs"),我们这时代最深沉的抒情诗之一,便是以一种新的声音打动读者;《草》("Grass")的喃喃低语,安静处有如更早期的、以猫的细步悄悄潜入的《雾》("Fog")。

《烟与钢》是桑德堡前两部作品的综合和升华。在这部最为成熟的结集里，桑德堡融合情绪、语调、意象，臻至一种新的强度。对于标题诗来说，它有一个极为配合的背景；诗中虽有一些过于神秘的语调，但它不愧是工业主义年代的史诗。这里有喷烟的烟囱、矿场、来自含铁岩层的巨圆石；这里有庞沛的想象力：人类与机器的梦想。这里也有沉默——进入梦乡的公寓大楼和浸泡在阳光中的玉米田。《烟与钢》是丰富的融合；彻头彻尾的本土。它能如此充满活力，无疑得益于桑德堡自身的精神：对生活永不言厌的快乐，对人生的奇妙变化保持新鲜的喜悦。

烟与钢：桑德堡诗选
Smoke and Steel

选自《芝加哥诗抄》

（1916）

芝加哥

世界的屠猪夫，
制具者，小麦堆垛工，
铁路运输商，全国货运管理员；
粗暴的、魁梧的、喧闹的，
宽肩膀的城市：

他们告诉我你是缺德的而我相信他们，因为我见过你
　　那些浓妆艳抹的女子在煤气灯下勾引农村来的少年。
他们又告诉我你是邪恶的而我回答：是的，我见过枪
　　手行凶后逍遥法外继续行凶。
他们又告诉我你是残忍的而我的回应是：在妇孺的脸
　　上我见过饥饿肆虐的痕迹。
而回答过后我再次面向那些对我这座城市讥笑的人，
　　并对他们反嘲：
来，给我看看另一座能如此昂首高歌，以活泼、粗豪、
　　强悍和机灵为荣的城市。

在工作堆积的苦劳中扔下魅惑的诅咒,相对于那些柔
　　弱的小城,这里是一个高大果敢的强击手;
像狗一般凶猛,伸着舌头准备攻击,像野蛮人一样机
　　灵,挑战着整片荒野,
　　　光着头,
　　　挥着锹,
　　　毁灭着,
　　　计划着,
　　　建设,破坏,重建,
在烟雾下,他满嘴尘土,露出皓齿大笑,
在命运可怕的重担下,像一个年轻人般大笑,
甚至像一个莽撞的、从未输过一场战役的斗士般大笑,
吹嘘,大笑,在他腕下是脉搏,而肋骨下是人民的心脏,
　　大笑!
笑年轻人粗暴的、沙哑的、喧闹的笑声,他们半裸着,
　　冒着汗,以屠猪夫、制具者、小麦堆垛工、铁路运
　　输商以及全国货运管理员为荣。

速写

船的影子
在浪峰上摇晃,
迟迟进港的悠悠潮涌
发出暗蓝的光泽。

天斜处一道褐色长条
把一臂细沙放进盐的领域。

清晰而无尽的皱褶
引入,消散,退下。
细浪纷碎,溃落的白泡
洗濯沙滩的底部。

　暗蓝光泽中
　摇晃在浪峰上的
　是船的影子。

民众

在群山中闲荡,看见青霭红岩,我惊异;
湖滩上,潮汐永恒不息地推动着涌浪,我静立;
大草原的星空下,凝视北斗斜倚着平芜,我深思。
伟人,战争与劳役的盛会,士兵,工人,举起婴孩的
　母亲——我接触这一切,并感到那庄严的激动。
然后某一天我才真正看到穷人,数以百万计的穷人,
　忍耐,刻苦;比山岩、潮汐和星星更能忍耐;数不
　清的,忍耐如夜之黑暗——以及国家一切破碎的、
　卑下的废墟。

迷失

荒凉和孤独
一整夜在湖上,
雾在追蹑,匍匐,
船的汽笛
无休止地喊叫,
如迷失的小孩
无助地哭泣,
寻找港湾的胸脯
及港湾的眼睛。

港湾

穿过瑟缩而丑陋的墙,
门道上,妇人们饥渴的眼睛
渐见憔悴,并忧心于
从瑟缩而丑陋的墙中
伸出来的饥饿之手影,
我突然来到,这城市的边缘,
在湖水绽开的一片蓝色中,
长长的湖浪在阳光下冲击
湖岸喷薄而成的弧线;
群鸥扑扑如风暴,
云集的巨大灰翅
和飞翔的白腹
在广漠处自由盘旋,转向。

他们会说

　在我的城市中,人们会说最糟糕的情况是:
你把小孩子带离阳光和露水,
带离大好天空下在草丛中嬉戏的微芒,
以及任性的雨;你把他们置于高墙内
去工作,被摧毁,窒息,为了面包和薪金,
吞下尘土,冰冷无情地死去
只为几个周末晚上赚取的、极其卑微的工资。

厂门

　你不再回来。
我说再见当我看到你走进门内,
绝望却开着的门,召唤,等待,
然后以你换取——每天多少分钱?
多少分钱,换来困乏的眼睛和手指?

我说再见因我知道他们从你腕上汲索,
在黑暗中,沉默中,日复日,
汲尽你所有的血,滴复滴,
你未曾年轻已然老去。
　你不再回来。

哈斯特德街[1]车

来吧,漫画家们,

早上七点

在哈斯特德大街的一辆街车上

和我一起紧抓一根吊带。

  拿起你的铅笔

  描画这些脸。

用你的铅笔,试画这些歪扭的脸,

画那个角落里的屠猪夫——他的嘴巴——

画那个穿工装裤的女工——她松弛的脸颊。

  为你的铅笔

---

1 哈斯特德街(Halsted Street)乃芝加哥城中一条南北走向的大街,街车即电车。

找一个方法，标记你
对疲惫的空脸的记忆。

当他们睡了一夜，
　脸，
在潮湿的黎明
和清凉的破晓中，
厌倦了愿望，
清空了梦想。

地铁

在铁的规律坚持的

影子的墙垣间,

    饥饿声在模仿嘲弄。

那些衣衫褴褛的

卑微旅人,耸肩弓身,

    把他们的笑声投进劳累中。

马车夫的告别
——往监狱途中的抽泣

告别了,街道,车轮的撞击声和锁上的轮毂,
照在黄铜扣和挽具把手上的太阳。
重重屈蹲腰腿滑行的马,那些肌腱,
告别了,交通警及其哨子,
铁蹄敲打石头的声音,
以及街上一切疯狂的、美妙的轰鸣——
神啊,那儿有我将会一直渴望的声音。

叫卖的鱼贩

我认识马克思威尔街[1]一个卖鱼的犹太人,叫卖声好像一月吹过玉米根茬的北风。

他在准顾客面前摇晃着鲱鱼,露出一种无异于帕夫洛娃[2]舞蹈的喜悦。

他的脸是一种挺高兴去卖鱼的人的脸,挺高兴神创造了鱼,以及顾客,可以让他推销他手推车上的货品。

---

1 马克思威尔街(Maxwell Street),芝加哥摩天大楼下一条非传统的商业街。
2 即安娜·帕夫洛娃(Anna Pavlova, 1881—1931),二十世纪初俄罗斯芭蕾舞坛的一颗巨星,被公认为最著名、最受欢迎的古典芭蕾舞蹈家之一,素有"芭蕾女星"之称。

游艇

星期日的晚上,公园警察彼此告知密歇根湖的天色暗得像一群黑猫。

一艘特大的游艇自索格塔克[1]的桃园驶回芝加哥。

数以百计的电灯泡划破夜之黑暗,一群红、黄色的鸟儿让翅膀静了下来。

甲板栏杆上都是花彩,光环从船头、船尾到高大的烟囱上曲线跳跃。

在我的码头,波浪嘶哑的嘎吱声引来嘶哑的回答,以铜管乐器悠扬的嗡姆吧声,为归来者奏着一首波兰民歌。

---

1 索格塔克(Saugatuck),位于美国密歇根州,为密歇根湖畔一个旅游热点。

挖土工

二十人站着看那些挖土工。
 他们猛刺沟渠的边缘,
 那里黏土黄澄澄的闪耀着,
 他们把铁锹的利刃插得更深
 以铺设新的煤气管道,
 他们用红色的手帕
  擦去脸上的汗。
挖土工继续工作……停歇……把他们
涉水时深陷在洼洞里的靴子拔出来。

 二十个旁观者中
十个咕哝:"噢,这是地狱式的工作。"
其余十个:"天哪,我真希望有这份工作。"

列入黑名单

为什么我要保留旧名字?
名字无论在哪儿到底是什么?
名字是父母留给每个孩子的廉价物:
工作就是工作,我想生存,所以
为什么全能的神或任何人要在乎
我有没有取一个新名字呢?

玛格

我宁愿我从未遇见你，玛格。
宁愿你从未辞掉工作来跟我一起。
宁愿我们从未买下许可证和你的一袭白纱裙，
在那一天跑到牧师面前结婚，
跟他说我们会永远相爱，照顾对方，
像阳光和雨水，在任何地方也一样恒久。
是的，我现在宁愿你生活在这里之外的地方，
我是保险杠上的流浪者在千里外一无所有。

  我宁愿孩子们从未到来，

  还有要支付的房租、煤块和衣物，

  还有来催账的杂货店老板，

  每天买大豆和西梅干的钱。

  我宁愿我从未遇见你，玛格。

  我宁愿孩子们从未到来。

安娜·茵萝丝

把手交叠在胸前——就是这样。
把腿再伸直一点——就是这样。
然后召车把她送回家。
她的母亲会哭好一阵子,她的兄弟姐妹也一样。
但其他所有人都下来了,安全了,她是唯一的工厂女
　工,从灾场跳下时遭到不幸。
这是上帝之手,也是太平梯的缺失。

玛米

玛米在印第安纳州一个小镇里把头击向铁栅,梦想着火车驶经的某处发生的爱情和大事。

她可以看到火车头上的煤烟消散处,有一条条钢轨在阳光中闪耀,而当报纸随早上的邮件送来时,她知道远方有一个巨大的芝加哥,所有火车都在那里行驶。

她厌倦了理发店的男孩、邮局的闲聊、教堂的八卦,以及乐队在国庆日和装饰日[1]演奏的老歌,

她为自己的命运饮泣,把头击向铁栅,准备好自杀,

当她有这个念头:若她要死了,也是在芝加哥街头为苦苦抓紧爱情而死。

她现在已找到工作,在波士顿商店的地库,周薪六美元,

---

[1] 装饰日(Decoration Day),即阵亡将士纪念日或国殇纪念日,乃美国联邦法定节日。最初悼念的方式是用鲜花和国旗装饰亡兵的墓地,故此日亦被称为"装饰日"。

但即使到现在,她仍旧把头击向铁栅,想知道从芝加
　哥出发的铁路所经之处,有没有更大的地方,而那
　里或有

　　　　爱情,
　　　　大事,
　　　　和永不粉碎的
　　　　真正的梦想。

个性
——警察鉴证科一名记录员的冥想

你爱过四十个女人,但你只有一根大拇指。

你过上一百次秘密生活,但只有一根大拇指的印记。

你走遍世界打过一千场仗赢尽世间所有荣誉,但当你回家,母亲给你的大拇指指纹,跟你在老家时当母亲吻别你的一刻,完全一样。

从时间旋转的子宫里诞下数以百万计的人,他们的脚挤满地球,为了立足他们互相残杀,他们之中并无两根大拇指相似。

在某处有一大拇指之神,他能透露个中底蕴。

累积

暴风雨曾在这片土地上肆虐，
船只曾在这里沉没，
  经过的人们记起它，
  伴随甲板上的夜谈，
  当他们靠近。

拳头曾打在这个老职业拳手的脸上，
他的战斗曾占据体育版，
  在街上，他们用右食指指着他说
  他曾经戴过
  冠军腰带。

一百篇故事出版了，一千篇传闻着
为什么这高大黝黑的男人跟两个年轻美女离了婚
又跟与前二人相似的第三个结婚，
  他们摇着头说："他又来了"，

当他在晴天或雨天
经过城中街道的时候。

致某些熟练工

殡仪业人员,灵车司机,掘墓人,
我是以一个不惧怕你们行业的人来跟你们说话。

你们把遗骸带到一个遥远的国度,
你们知道工作背后的秘密是一样的,无论你们是以运
　　行得顺畅无声的现代自动化器械来降下灵柩,还是
　　徒手把遗体放下然后用铁锹掩埋。

一年中的许多天,你们的日常工作都是在笑声中完成,
你们的谋生之道,就是靠着那些今天用细语道别的人。

特快

我搭乘一班特快列车[1]，它是全国最快的列车之一。

打大草原驰进青烟和暗霭的，是这载着一千人的十五节全钢车厢。

（所有车厢都会报废生锈，餐卡里、卧铺上所有谈笑的男女都将灰飞烟灭。）

我在吸烟车厢里问一个人要去哪里，他回答："奥马哈[2]。"

---

1 这里原文是"limited express"，指"特快列车"；但"limited"也有"有限"和"受制"的意思，原诗题为"Limited"，无疑也是对人的生命和活动范围"受限"的一种慨叹。
2 奥马哈（Omaha），位于美国内布拉斯加州的密苏里河畔。

在后巷

怀念一个伟人是这样的。

报童们在投掷铜板。

铜板上是那个男人的脸。

死去的爱孩子的人,你现在想要什么?

一枚硬币

你们的西部头像在这里浇铸成金钱,
你们是一对同时消失的,
　　雾中的伙伴。

　　向前猛扑的野牛肩,
　　精干的印第安面孔,
我们来到你们离去的地方,
以新的五分镍币向你们的轮廓致敬。

　　对于我们,
　　你们是:
　　过去。

　　大草原上的
　　奔跑者:
　　再见。

爆破手

晚上我在一家德国酒馆里，和一名爆破手同坐用餐，吃洋葱牛排。
他大笑着讲述妻儿、劳动事业和工人阶级的故事。
这是一个坚定不移的人的笑声，确信生命必将丰盛和充满热血。
是的，他的笑声回响着，像灰鸟的鸣叫，充满喜乐光辉，正在暴雨中拍翼翱翔。
他的名字出现在不少报章上，被视为国家敌人，很少教会和学校的主管会向他敞开大门。
隔着牛排和洋葱，他只字不提作为爆破手的那些水深火热的日子。
只有我永远记得，他热爱生命，热爱孩子，热爱每一处一切自由无畏的笑声——热爱全世界的热心和热血。

运冰工

我认识一个运冰工,他穿法兰绒衬衫,上有一美元大
  小的珍珠纽扣。
他把一百磅的厚冰拖上酒馆的冰箱,以冷藏火腿和黑
  麦面包,
他对酒保说天气又比昨天热了天啊明天会更热,
而随他上路的是扬起的头和一对硬拳头。
每个周末晚上他会花一美元左右在一个二百磅的女人
  身上,她在莫里森酒店洗盘子。
他记得组织工会的时候,他打破了两个工贼的鼻子,
  又松开车轴的螺母,让六辆不同的马车的车轮在早
  上脱落,而他走回来转悠时,看到冰块在街上融化。
他唯一感到遗憾的是,其中一个工贼打伤了他右手的
  指关节,所以当他回到酒馆将这事告诉那些小伙子
  的时候,指关节正在流血。

杰克

杰克是一个黝黑的、走路大摇大摆的好家伙。

他在铁路工作了三十年,每天十小时,他的双手比鞋底皮还要坚韧。

他跟一个坚强的女人结了婚,生了八个孩子,后来女人死了,孩子大了,走了,每两年给老头写一次信。

他死在贫民所里,那时他坐在阳光中的板凳上,跟其他同样妻离子散的老人说起往事。

他死时脸上洋溢喜悦,一如他活着的时候——他是一个黝黑的、走路大摇大摆的好家伙。

黑人

我是个黑人

歌手,

舞蹈家……

比毛茸茸的棉花柔软……

比烈日下奴隶的赤足

击打的黑土路面

更坚硬……

牙齿的泡沫……破碎的笑声……

女人血液中的火红的爱。

跌跌撞撞的黑人小孩的纯白的爱……

班卓琴拨弹声中的慵懒的爱……

为工资而被逼流汗苦干,

高声大笑,双手活像火腿,

拳头在手柄上变得更强悍,

在老森林的睡梦中微笑……

疯狂得像阳光雨露,森林里的起伏生活,

沉思，咕哝，戴着枷锁的回忆：

我是个黑人。

看看我。

我是个黑人。

风格

风格——继续谈论风格吧。

你能说出一个人的风格出处,就像

 你能说出帕夫洛娃的腿功,

  或泰·柯布[1]的击球眼界来自哪里。

 继续谈论吧。

只是不要拿走我的风格。

  这是我的脸。

  也许不好,

   但无论如何,也是我的脸。

我和它说话,和它一起歌唱,一起观看,品尝,感受,

 我知道我为什么要保留它。

杀死我的风格,

---

1 泰·柯布(Ty Cobb),全名为泰鲁斯·雷蒙·柯布(Tyrus Raymond Cobb, 1886—1961),美国前职业棒球员、棒球名人堂球员,1928年退休时,他是九项美国职业棒球纪录的保持者。

你便是打断帕夫洛娃的腿,
弄瞎泰·柯布击球的眼。

帽檐下

当嘈杂而匆忙
经过的脚步声
敲打我的耳朵,像风激起
海上不安的浪花,
从一张脸上看出来的
一缕灵魂走向我。

眼睛像一泓
暴风游弋的湖,
从一顶帽檐下
逮住我,
  我想起海中的沉船
  和紧抓着毁坏的特等舱门的
  那些瘀青的手指。

一口气
——给威廉逊兄弟

正午。白炽的阳光在密歇根大道的沥青上闪耀。蹄声踏踏，引擎声呼呼。穿薄衣的女子悠悠走过，捕捉太阳焰火在她们的肌肤和眼瞳上嬉戏。

戏院里有来自海底的电影。路人穿过路面的燠热和尘埃，一口气走进来，见证又大又清凉的海绵，又大又清凉的鱼群，以及数千年来默默散布在海床上浸泡，那些又大又清凉的珊瑚礁脊槽。

一个赤裸的泳者跳进水中。他右手拿刀往鲨鱼喉咙划了一口子。鲨鱼的尾巴激烈摆动，一击足以杀死那泳者。很快，刀子便刺进那变向游来的鱼的柔软下颚。它满口利齿，每一颗自身已是一把短剑，正一排排列着，并在盛夏的兄弟们把这颤动着的、张开大口的尸体拖上来的时候，闪闪发光。

外面的大街,正喃喃抱怨和歌唱着太阳下的人生——

马,引擎,悠悠走过的薄衣女子,太阳焰火正在她们的血中嬉戏。

铜

1

在林肯公园,铜铸的格兰特将军[1]骑着铜马,
在大白天的太阳下萎缩,那时候,汽车正长长地列队
　呼啸而过,赶赴晚宴、音乐会和进行买卖,
虽然傍晚时分当浪花高高拍打着
附近湖滨的石板,
我已见过将军无惧更加靠近的卷浪,
策铜马而出,进入风暴的蹄声和枪响中。

2

一个下雪的冬夜我穿过林肯公园。

---

1 全名为尤利西斯·辛普森·格兰特(Ulysses Simpson Grant, 1822—1885),美国第十八任总统。他虽是美国重建时期的重要总统,但八年任期内政绩平平,政府更因贪腐、对南方奴隶主妥协而遭受批评。然而他是南北战争的英雄,对维护联邦统一有巨大贡献。

铜铸的林肯在皑皑雪行中屹立，他的铜额与报童悠悠的回音相遇，他们喊叫着伊瑟河[1]一带有四万人阵亡，而他的铜耳，正谛听着他铜足下的城市那重浊的咆哮声。

骑在小马上的一个身段柔软的印第安人，安坐并展示着铜铸长腿的莎士比亚，披上铜斗篷的加里波第[2]，他们今夜在寒冷孤单的雪中保持在基座上的位置，并将继续这样下去，穿越深夜，直达黎明。

---

1 伊瑟河（Yser），源自法国北部，流经比利时西北部直达北海，乃第一次世界大战时多次战役的地点。
2 全名为朱塞佩·加里波第（Giuseppe Garibaldi, 1807—1882），意大利将领、政治家与爱国者。

准备杀戮

现在我已经看了十分钟了。

我以前来过这里,并想着这件事。

这是一位名将的青铜纪念碑,

他骑着马,佩一面旗,一把剑,一支左轮手枪。

我想把整件事砸成一堆垃圾,然后拖到废料场去。

我直截了当地告诉你吧,

当农夫、矿工、店员、工人、消防员和卡车司机

全都被青铜纪念碑记住,

塑造他们的工作,就是为我们所有人

带来吃的和穿的,

当他们把一些剪影

  堆叠在公园

   这里的天空,

并展示真正的爱斯基摩犬是在为世界工作,是喂养而

 非屠宰人民,

那么我或将站在这里,

从容地看着这位将军高举旗帜，

拼命地策马飞驰，

准备好杀掉任何阻挡他的人，

准备好让血奔流，让人的肝脑，涂遍大草原鲜甜的新草。

摩天大楼

白天，摩天大楼在烟雾和阳光中隐现，且有一缕灵魂。
草原、山谷、城市的街道，把人们灌进去，与它的
　二十个楼层相混，然后再倒回街道、草原和山谷。
正是这些男男女女、老老少少整天不断地灌进倒出，
　给大楼带来了一个充满梦想、思想和记忆的灵魂。
（抛弃到海里的，或定居在沙漠中的人，谁会关心这座
　大楼，说出它的名字，或向警察询问前往之路？）

电梯在电缆上滑行，气送管[1]接住信件和包裹，铁管把
　煤气和水输入，把污水排出。
电线带着秘密攀爬，带来光，带来话语，并说出恐惧、
　利润和爱情——与业务计划搏斗的男人在诅咒，为
　爱情筹谋的女人在疑惑。

---

1 原文是"tubes"，即气送管（Pneumatic tubes），是利用真空或压缩气动力操作的一种运送系统，以便在大楼内部或楼宇间运送紧急邮件、包裹、文件等小型物件。

一小时接一小时，沉箱抵达地球的岩层，把大楼固定在这个旋转的行星上。

一小时接一小时，大梁像肋骨一样突出，把石墙和地板固定在一起。

一小时接一小时，泥水匠的手和砂浆把组件扭合在一起，变成建筑师选取的形貌。

一小时接一小时，阳光和雨水，空气和铁锈，以及长达数个世纪的时间的推移，都荡漾在大楼内外，并耗用着它。

那些打桩的、搅砂浆的人已长眠墓里，那里的风吹送着狂野的无言之歌，

那些把电线捆起来，把管道装好，看着大楼一层一层升起来的人也一样。

他们的灵魂都在这里，即使是在几百里外的后门行乞的小工，以及因醉酒开枪杀人而被送进监狱的泥水匠。

（有人从大梁掉下，直插到底，把脖子摔断了——他还

在这里——他的灵魂已溶进大楼的砖石里。）

在每一楼层的办公室门上——数以百计的名字,每个名字代表一张脸,上面写着一个死去的孩子,一个热情的情人,一颗渴望的心,要追求百万美元的生意,或龙虾一样的安逸生活。

在门的标志后面,他们在工作,而从一个房间到另一个房间,墙壁什么也不说。

周薪十美元的速记员为公司主任、律师、效率专家记录口授信函,数以吨计的信件被捆扎起来,从大楼送到地球的四面八方。

每个女职员的微笑和泪水都进入了大楼的灵魂,就像管理大楼的主人一样。

时针指向中午时分,每个楼层都清空了里面的男女,他们外出用餐,然后回来工作。

下午快到尾声的时候,一切劳动都松弛下来,而随着人们感到一天临近结束,一切工作都放慢了。

一层接一层，楼层全清空了……穿制服的电梯工人走了。水桶叮当作响……清洁工在工作，说着外语。扫帚、水和拖把在清除地板上人们白天留下的灰尘、唾沫和机器的污垢。

屋顶上以电火拼写的字句，告诉几里远的居民可在哪里花钱买东西。这广告牌一直表白到午夜。

走廊上漆黑一片。声音发出回响。寂静持续……警卫逐层缓步巡视，检查门户。左轮手枪从后腰口袋里鼓出……钢制保险柜站在角落里。钱都堆在里面了。

一个年轻警卫靠在窗前，看驳船的灯光从港口驶过，看铁路停车场上红白两色街灯交织成网，看白色的线条、模糊的交叉和团簇，在沉睡的城市上溅起一抹忧郁。

入夜，摩天大楼在烟雾和星光中隐现，且有一缕灵魂。

雾

雾来了,
以猫的细步。

它弓腰蹲伏,
默默俯瞰
港湾和城市,
然后走开了。

绯红

绯红,是我夹着的雪茄烟蒂的闷烧,
灰白,是僵住和掩藏所有沉默的火的余烬。
(我认识的一个伟人死了,当他如已逝的火焰般躺进棺
　材时,我坐在这儿的暗影和烟雾中,看着我的思绪
　来去。)

波动

海沙变红了,
当黄昏抵达并颤抖。
海沙变黄了,
当月色斜照而晃荡。

亲属

兄弟,我是火,
在海床下奔腾。
我永远不会遇上你,兄弟——
总之,几年内都不会;
或许千年万载后,兄弟。
然后我将温暖你,
抱紧你,围绕你,
用你,改变你——
或许千年万载后,兄弟。

白皙的肩膀

你白皙的肩膀
　我记得,
以及你耸肩的笑。

　浅浅的笑
　悠悠摇落
自你白皙的肩膀。

铁器

炮,

长钢炮,

从战舰上瞄准,

以战神之名。

笔直、闪烁、擦亮了的炮管,

爬过穿白衣的水兵,

褐脸、乱发、白齿的荣光,

大笑着的、身手灵活的白衣水兵,

坐在炮管上高唱战歌和水手号子。

锹,

宽铁锹,

挖出长方形的墓穴,

松开草皮,铺好草坪。

我请你

去见证——

铁锹是枪炮的兄弟。

统计

拿破仑在旧石棺里
辗转反侧,
悄声对站岗的卫兵说:
"谁去那里?"
"二千一百万人,
士兵,军队,枪炮,
二千一百万,
徒步,骑马,
在空中,
在海底。"
于是拿破仑回到他的睡梦里:
"这不是我的世界在回答;
这是一些做梦的人,

他们对我从加来[1]

到莫斯科的行军世界,

一无所知。"

他继续睡

在旧石棺里,

当飞机的引擎

在拿破仑陵墓

和冷冷的夜星间

嗡嗡作响。

---

1 加来(Calais),位于法国加来海峡大区。1805年,拿破仑为了进攻英国,曾在加来驻军。

纽扣

我一直在报社门前,观看有时会被广告中断的战争地图。
纽扣——红色、黄色的纽扣——蓝色、黑色的纽扣——
　在地图上来回推移。
一个满脸雀斑、开朗地笑着的年轻人
爬上梯子,对群众中的某人大声说着笑话,
然后把一枚黄色纽扣往西移动一英寸,
跟着,又把黑色纽扣往西移动一英寸。
(一万个男人和少年在河边的血泊中扭动着身体,
伤口在喘气,呼叫着要水,有些喉间嘎吱发出死亡的
　声音。)
在这儿,报社门前,当满脸雀斑的年轻人对我们笑着
　的时候,谁能料到在战争地图上移动两枚纽扣一英
　寸的代价?

而他们服从

砸倒城市。

把墙打得粉碎。

把工厂、教堂、仓库、家园

摧毁成散乱的石头、废木、焦碳:

    你们是士兵,我们命令你们。

建设城市。

再把墙筑起来。

再一次把工厂、教堂、仓库、家园

整合成为劳动力而设的永久建筑:

    你们都是工人、公民:我们命令你们。

颚

七国在死亡之颚前袖手旁观。

这是八月第一个星期,一九一四年[1]。

我在谛听,你们在谛听,全世界在谛听,

我们全都听见一把声音在低语:

    "我是道路和光明,

    信靠我的,

    不致灭亡,

    反得永生。"

在谛听中的七国听见这声音,回答说:

    "啊地狱!"

死亡之颚开始发出咔嗒声它们继续发出咔嗒声。

    "啊地狱!"

---

1 一战在这年八月开始。

战争

在战争中马蹄的鼓响和靴子的节拍。
在新战争中引擎的嗡嗡声和橡胶轮胎的坑纹。
在将来的战争中人们脑中还没有梦到的沉默的车轮和
　　连杆的呼呼声。

在旧战争中短剑的紧握和长矛的刺脸。
在新战争中远程大炮和毁坏的墙壁,吐出一唾沫金属
　　的枪和人,十几到二十几岁的人。
在将来的战争中人们脑中还没有梦到的,新的沉默的
　　死亡,新的沉默的投手。

在旧战争中国王们争吵,数以万计的人追随。
在新战争中国王们争吵,数以百万计的人追随。
在将来的战争中国王们被埋葬,数以百万计的人追随
　　在人们脑中还没有梦到的伟大的事业。

战争和终结

我将踏上它,
黄昏中的这条路,
路上有饥饿的身影徘徊,
痛苦的逃命者走过。
我将踏上它,
在清晨的寂静中,
看到夜空模糊地吐出黎明,
听到迟缓的烈风乍起,
高大的树木分列两旁,
肩负着上面的天空。

路旁破碎的卵石
不会纪念我的毁灭。
遗憾将是脚下的砾石。
我会看着
瘦小的鸟儿迅速展翅,

扑向疾风和阵阵雷鸣
挟着暴雨的狂野游行中。

走过的路扬起的尘土
将触碰我的手和脸。

狮身人面像

五千年来你一直缄口默坐,不泄半语。
前来的游行队伍向你发问,你回答时灰色的眼睛没眨
　一下,嘴唇也紧闭不语。
你多年来猫之蹲伏,没透露半点你所知道的东西。
我是其中一个知道你所知道的,而我保留我的问题:
　我知道你所持的答案。

致一个死人

隔着死线我们呼唤过你
给我们说一句话,
关于所发生的事,一些疲累的私语,
你在那里隔着死线,
对我们的呼唤充耳不闻,一声不响。

闪烁的影子没有回答,
你的嘴唇也没有发出信息,
关于爱情是否说话,玫瑰是否生长,
太阳是否在早上升起
把大海溅成绯红。

收获月下

在收获月[1]下,
当柔和的银光
在花园的夜里闪耀,
死神,那苍白的嘲笑者,
来向你私语,
像一个不曾忘怀的
美丽的朋友。

在夏日的玫瑰下,
当明目张胆的绯红
隐匿在
野红叶的幽暗中,
爱,以纤手,
来触抚你,

---

1 收获月(Harvest Moon),每年最接近秋分时的满月。

带来盈千记忆,

并向你提出

那些美丽的、无法回答的问题。

后院

照耀吧,啊夏天的月亮。
照在青草、梓树和橡树的叶上,
今晚在你雨下全是银光。

今晚一个意大利男孩以手风琴送歌给你。
一个波兰男孩跟他最好的女友外出;他们下月结婚;
 今晚他们把吻投给你。

隔壁一个老人,梦到后院的樱桃树上有光泽停驻。

时钟说我得走了——我留在这里,坐在后门廊上,喝
 着你如雨洒下的白色思绪。

照耀吧,啊月亮,
抖出更多银色的变幻。

防波堤上

夏夜,一男一女坐在防波堤上,
她跨过他的膝盖,大家面对面
不发一语地互相倾诉,默默为对方歌唱。

航船上的一管白色烟囱,在幽蓝的薄暮里游弋,
戏玩着探照灯,迷惘,跳突,在一片绿波上,
而防波堤上两人仍保持沉默,她在他的膝盖上。

我歌唱

我对你和月亮歌唱，
但只有月亮记得。
　我歌唱，
啊无拘无束地放开怀抱，
　　放任喉咙的韵律，
就连月亮也记得，
　且对我很好。

六月

宝拉[1]在挖修壤土,为一株鼠尾草,
那属于夏天的、紫红色的中国演说家。
两瓣海棠,吹落在宝拉的发上,
一片白绒,从白杨树飘下。

---

1 宝拉(Paula),桑德堡的妻子,原名为莉莉安·史泰钦(Lillian Steichen, 1883—1977),宝拉是其家人对她的昵称,后为桑德堡写情诗时所用。

废砖厂夜曲

月光的什么

在拍打着的沙子上流淌，

流到最长的影子中。

在弯弯的柳树下，

匍匐的波浪线四周，

澄黄暮色在水面上的变化，

出落成夜里古池塘一株长在梦中的三叶草。

窗

火车窗外的夜
是伟大、黑暗、柔软的东西,
以光的伤口划过。

哥儿们

现在抓住
这里的银色手柄,
六根银色手柄,
他的老哥儿们每人一根。

抓紧,
把他抬下楼梯,
把他放在灵车
地板的滚轴上。

送他最后一趟,
到那寒冷、笔直的房子,
平整均齐的房子,
那最后的房子。

　死者没说什么,

死者所知甚多,
死者把一个封锁了的故事
藏在舌头之下。

罂粟

她喜欢走进花园便看见血红的罂粟。
她穿上一件宽松的白长袍走着,
 　一个新来的孩子在她体内拉扯着脐带。
晚上露水爬行时她面向西方,
一股喜悦的震颤深入她的骨髓:
她喜欢走进花园便看见血红的罂粟。

孩子月

孩子对
旧月亮的好奇
每夜回来。
她指着远方
无声的澄黄物体
穿过树枝透出亮光,
让叶丛滤出一片金沙,
她用小舌头叫喊:"看那月亮!"
然后在床上悠悠睡去,
小嘴巴里有月亮的婴儿咿呀声。

玛格丽特 [1]

许多鸟及其拍翼动作,
清晨在岩石上
汹汹发出放肆的杂音,
石下蓝色的池塘
有灰影懒洋洋地游动。

在你蓝色的眼睛里,哦,任性的孩子,
今天我看到许多小小的狂想,
渴望一如美好的早晨。

---

1 即玛格丽特·桑德堡(Margaret Sandburg, 1911—1997),桑德堡的长女。

卖笑的人

在两条街道交错的阴影间,
一个警察映入眼帘,
一个女人遂隐身暗处,等待前行。
绽开破碎微笑的一张脸,
妆点着枯槁的骨头和绝望的眼睛,
一整夜她向路人出卖他们会接受的
关于她浪掷的美丽,颓败的身体,逝去的权利,
却没有买家。

哈里森街法院

我听到一个女人
对一个同伴
这么说：

"女人劳碌一生，
到头来都会
一无所有。
有人总会拿走她
站街得到的东西。
不是拉皮条的，
就是警察。
现在我还是劳碌命，
直到我人老珠黄了。
我没什么好夸耀的。
那些男人全拿走了
每晚我所做的一切。"

淮海默尔酒馆

在西方的玉米田和北方的林地,
    他们都在谈论我,一家有灵魂的酒馆,
    柔和的红灯,又长又弯的吧台,
    皮椅和暗角,
    高身的铜痰盂,黑鬼切的火腿,
还有一幅画像,里面有一个半裸女人,在一夜酗酒和
    骚乱后被粗暴地扔在床上。

离去

我们镇上人人都爱奇克·洛里默[1]。
    无论远近
  每个人都爱她。
所以我们全都爱上一个紧紧
  抓住梦想的不羁女孩。
现在没有人知道奇克·洛里默去了哪里。
没有人知道她为什么收拾行装……几件旧物
离开了，
    连同她向前突出的
    小下巴
    和她自宽帽子下
    漫不经心地飘散的秀发，
舞者，歌手，一个笑着的、狂热的情人。

---

[1] 原文是"Chick Lorimer"，一个女子的名称。"Chick"意指小鸡，是男人对年轻女子一种带有冒犯性的昵称。

有十个或一百个人在追求奇克吗?
有五个或五十个人感到伤心吗?

人人都爱奇克·洛里默。

没有人知道她去了哪里。

一整天

在雾和风中，
浪峰一整天猛力扑打
坚定的栅栏。
  我的孩子，他很久很久以前就出海去了，
  褐色鬈发在他帽下滑落，
  他以蓝色和坚毅的眼睛望向我；
  潇洒整洁，坦率真诚，他离开了，
  我的孩子，他出海去了。
在雾和风中，
浪峰一整天猛力扑打
坚定的栅栏。

老妇人

夜行电车隆隆驶过,尾随着
从大楼和破损的铺路石上传来的回音。
前灯嘲弄着薄雾,
把它的黄光固定在寒冷的细雨里;
我把前额抵着窗玻璃,
困倦地望着墙壁和人行道。

前灯搜寻着方向,
生命从濡湿、混杂中消失——
只有一个老妇人,臃肿,蓬头眼昏。
曾经流浪到老远,
如今蜷缩在门口睡觉,
无家可归。

流浪汉

今天我在等一列货运列车经过。

牛车驶过，上面的公牛不断把角撞向栏杆。

六个流浪汉站在汽车之间的保险杠上。

嗯，牛是值得尊敬的，我想。

每头公牛都有农民为它支付运费送往市场，

而流浪汉却违法乘坐火车不买票。

这让我想起在匹兹堡阿勒格尼县[1]监狱度过的十天。

即使我是西美战争[2]的老兵，也要关上十天。

和我关在同一牢房里的还有一个老头，他是泥水匠，
也是个酒鬼。

而恰巧他也是个老兵，曾为保卫联邦和解放黑奴而战斗。

我们一共三人，另一个是立陶宛人，他在钢铁厂发工

---

1 阿勒格尼县（Allegheny County）是美国宾夕法尼亚州西部的一个县，县治匹兹堡（Pittsburgh）是该州第二大城市。
2 西美战争（Spanish-American War）发生于1898年，美国为了夺取西班牙在美洲的殖民地而开战。

资那天喝醉了，还跟一个警察打架；他仅有的衣物只是一件衬衫、一条裤子和一双鞋——有人趁他喝醉时拿走他的帽子和外套，以及剩下的钱。

我是人民，民众

我是人民——民众——人群——百姓。
你知道世上所有伟大的工作都是通过我完成的吗？
我是劳动者，发明家，世上食品和服装的制造者。
我是见证历史的观众。拿破仑们来自我，林肯们也是。
 他们死了。然后我输出更多拿破仑和林肯。
我是种子地。我将是代表大量耕耘的大草原。可怕的
 风暴从我身边掠过。我忘了。我最好的东西被吸出
 去并浪费掉。我忘了。一切唯独死亡降临我身上，
 让我工作，放弃我所有。而我忘了。
有时我会咆哮，提起精神，溅出一些鲜血让历史记住。
 然后——我忘了。
当我，人民，学会记忆，当我，人民，以昨日为鉴，
 不再忘记去年是谁劫掠我，是谁把我当傻瓜——这
 样，全世界就没有人会在声音里带着一丝冷嘲，或挂
 着遥远的、侮蔑的微笑，来说"人民"这个名字了。
民众——人群——百姓——那时就会到来。

政府

政府——我听说了政府的事,就出去寻找它。我说过当我看见它,我会仔细观察它。

然后,我看见一个警察把一个醉汉拖到拘留所去。这是政府,正在行动。

一天早上,我看见一个地区议员溜进一个办公室,和一个法官谈话。当天稍晚,法官驳回一宗针对一名扒手的诉讼,原来这扒手是该议员的地区工作人员。我再一次看到,这就是政府,正在办事。

我看见国民警卫队持枪对着一群工人,这些工人正试图劝阻其他工人远离正在罢工的一家工厂。政府正在行动。

到处我都看到,政府是由人组成的,政府有血有骨,有许多嘴巴对着耳朵低语,发电报,持枪瞄准,撰写命令,说"是"和"不"。

政府死亡，一如组成它的人们死亡，然后安葬在他们的坟墓里，随之而来的新政府也是人，由血液的心跳、野心、欲望和贯穿其中的金钱组成，还有支付的金钱，拿走的金钱，掩饰的和以悄悄话说出的金钱。一个政府是秘密的、难以理解的、敏感的，就像任何一个背负着祖先一路传下来的细菌、传统和血细胞的人类罪人一样。

语言

语言没有手柄

让人抓住

并用符号来记住它。

它是一道河流,这语言,

一千年一次,

开出新的河道,

改变流往海洋的方向。

它是山峦的呼气,

漫向溪谷,

且跨越国界,

互相混合。

语言如河流消逝。

今天缠住你舌头的话,

以及打碎了以便在你

此时此刻说着话的唇齿之间

建构思想的字词,

都将在一万年后
成为消失了的象形文字。
唱吧——唱下去——记着
你的歌会消逝和改变,
到明天,它不会比
万年前所吹的风长久得多。

给离世意象派的信

艾米莉·狄金森:
你给了我们一只有灵魂的大黄蜂,
蜀葵中的永恒旅者,
还有上帝,如何在一座后花园里演示自己。

斯蒂芬·克莱恩[1]:
战争是仁慈的,在你到来之前,我们从不知道战争的
　仁慈;
也不知道海面上的黑色骑士,以及矛与盾的冲突,
也不知道从待命的梦中升起的咕哝和枪声。

---

1 史蒂芬·克莱恩(Stephen Crane, 1871—1900),美国诗人、小说家。

废品商

我很高兴上帝看到死神，
并给死神一份工作，去照顾所有厌倦生活的人：

当时钟里所有轮子都磨损了变慢了所有连接处都松掉了
而时钟继续嘀嗒作响并时刻显示错误的时间
而屋里的人开玩笑说这是个笨钟的时候，
时钟是多么高兴，当大个子废品商把马车驶到屋前并
   双臂环抱着时钟说：
      "你不属于这里，
      你得跟我走。"
于是时钟是多么高兴，当它感到废品商的手紧搂着它
   并把它带走的时候。

银钉

一个男人被钉在十字架上。他是从外地来到这城市，然后被指控，被钉十字架。他拖延行刑，嘲笑群众。"钉子是铁造的，"他说，"你们也太小气了。在我的国家，钉十字架是用银钉的……"于是他继续揶揄。他们初时不明白他。及后他们在酒馆、保龄球场和教堂里谈论他时语气却变了。他们忽然意识到，每个人一生中只有一次会被钉在十字架上，而人道法规定要用银钉来执行这任务。一尊他的雕像在广场上竖立了。由于他还在的时候不曾问过他的名字，他们只好在雕像上写上："约翰·银钉"。

选自《剥玉米皮的人》

(1918)

大草原

我在大草原上出生,这里麦子的乳汁,红色的三叶草,女人的眼睛,给了我一首歌,一个口号。

这里,水向下流,冰山随砾石滑落,峡谷发出嘶嘶声,黑色的壤土出现了,还有黄色的沙壤土。

这里,在落基山脉和阿巴拉契亚山脉的分水岭之间,一颗晨星正在林场、牧场、玉米带、棉花带和养牛场上,凝定一个火的标志。

这里,灰雁飞了五百里,然后翼下挟风地飞回来,嗷嗷叫着想要一个新的家。

这里,我知道没有什么,比再来一次日出,或天上的火月倒影成河中的水月那么让我渴望。

大草原在午前向我歌唱,我知道在夜晚,我会安息在大草原的臂弯里,在大草原的心坎上。

……

在干草架上拿叉子干活

而给太阳晒伤了一整天之后，

在鸡蛋、饼干和咖啡之后，

暮色中的

珍珠灰色的干草堆

是给收割的手的

凉快的祷告。

在城市里的墙垣间，横跨大陆的客运列车被堵住了，

  活塞发出嘶嘶声，车轮在诅咒。

在大草原上，列车以幻影似的轮子飞掠而过，天与地

  之间，活塞在低喋，轮子在欢呼。

    ……

  当城市消失的时候，我在这里。

  在城市到来之前，我在这里。

  我养育过马背上的孤独的人。

  我将留住笑着搭乘火车的人。

  我是人的尘土。

流水对着鹿、白尾灰兔、囊地鼠咕噜作响。

你乘马车而来，建造街道和学校，

是斧头和步枪、犁和马的亲属，

高唱《扬基歌》[1]《老丹塔克》[2]《稻草中的火鸡》[3]，

你戴着浣熊皮帽，在木屋门口听见一匹孤独的狼在嗥叫，

你在草屋门口，读到暴风雪、奇努克风[4]从梅迪辛哈
　　特[5]开始肆虐，

我是你的尘土的尘土，就像我是那些铜色面孔的

兄弟和母亲，是在燧石和黏土中工作的人，

是一千年前唱着歌，在林场和平原上

列队前进的妇女和她们的儿子。

---

1 《扬基歌》(*Yankee Doodle*)，美国独立战争时流行的一首歌曲，今天这首歌在美国通常被视为爱国歌曲，同时也是康涅狄格州州歌。
2 《老丹塔克》(*Old Dan Tucker*)，一首非常经典的美国童谣。
3 《稻草中的火鸡》(*Turkey in the Straw*)是一首家传户晓的美国民歌。
4 奇努克风(Chinook)，指从海上吹向美国西北部海岸的湿暖风或落基山脉东侧吹下的干暖风。
5 梅迪辛哈特(Medicine Hat)是加拿大艾伯塔省的一座城市。

我在斗转星移中捧着这些尘土。

当旧战争爆发，当和平被一种母性孵出，

当新战争开始，年轻人遭到新的杀戮，我保持不变。

在黑暗的日子里，我为那些前往法国的孩子提供食物。

对我来说，阿波马托克斯[1]是一个美丽的词，福吉谷[2]、
　马恩河[3]和凡尔登[4]也是，

我见过儿女们在血中出生，在血中死亡，

我接受和平或战争，我什么也没说，只是等待。

你有没有见过滴落在我玉米田上的一丸红色夕阳？见
　过夜星照临的湖滨，黎明时涌上山谷的麦浪？

---

1 阿波马托克斯（Appomattox），乃美国弗吉尼亚州的一个城镇，美国南北战争时期这里发生了多场战役。
2 福吉谷（Valley Forge），位于美国宾夕法尼亚州，是美国革命圣地。
3 马恩河（La Marne）是流经法国巴黎盆地东部的一条河流，第一次马恩河战役发生于1914年9月，又名马恩河奇迹（Miracle of Marne），是一战西部战线的一场重要战役。1918年7月，这里又爆发了第二次马恩河战役。
4 凡尔登（Verdun），位于法国东北。凡尔登战役发生于1916年，它是一战中破坏最大、时间最长的一场战役。

你有没有听过我的打谷工人在谷壳堆里,在车板上运转着的小麦中大声叫喊?听过我的剥玉米皮的人,我的拖着庄稼的收割手,唱着关于女人、世界、地平线的梦?

······

河流在平地上开出一条通道。

山峦挺立。

盐海逼近

并推压海岸线。

太阳、风带来了雨

而我知道彩虹在东或西以半圆写下什么:

一封情书承诺要再来。

······

苏线铁路[1]的城镇,

大泥泞河的城镇,

因幼崽们互相嘲笑

---

1 苏线铁路(Soo Line),即明尼阿波利斯—圣保罗—苏圣玛丽铁路,乃美国西北部加拿大太平洋铁路的主要支线,1884年开通时被称为苏线铁路。

并如孩童般捉弄对方。

奥马哈和堪萨斯城,明尼阿波利斯和圣保罗,姐妹们在同一屋檐下,一起用俚语交谈,一起长大。
在奥沙克的城镇,达科他州的小麦镇,威奇塔,皮奥里亚,水牛城,姐妹们一起用俚语交谈,一起长大。
……
从大草原上的褐色草,以及交错着的、一缕长条旗似的茅屋炊烟——从一条烟柱,一个蓝色的承诺——从编织着片片青紫的野鸭群——
在这里,我看到一座城市升起,并对全世界的人说:听着,我很强大,我知道我想要什么。
从木屋和树桩——从树侧剥下的独木舟——从林场一把斧头细心砍凿而成的平底船——从红种人和白种人相遇的那些年——房子和街道拔地而起。

一千个红种人哭喊着离去,为玉米和女人另觅新地方:一百万个白种人来到这里,盖起摩天大楼,扔出铁轨和电线,打探盐海:现在那些大烟囱用短齿咬着天际线。

早年,是编织在片片青紫中的一只野鸭的叫声:现在
是铆工的唠叨,警察的巡逻,汽船的鸣笛。

我要跟一个跨越千年的人握手。
我对他说:兄弟,长话短说,因为一千年的时间很短。
　　　……
这些在黑暗中的是什么兄弟?
在烟月中的是什么摩天大楼的屋檐?
这些烟囱在木屋上晃动
当煤船在河上犁过——
谷物升降机耸起的肩膀——
钢板厂的火焰链轮
以及轧钢厂里的工人,他们脱掉了衬衫
以血肉的双臂跟钢铁转动的手腕比赛:
　　　在一千年的
　　　黑暗中
　　　这些是什么兄弟?

......

一盏前灯在搜索一场暴风雪。

一道漏斗状的白光,从横越威斯康星州的先驱者特快列车[1]的驾驶员上方激射而出。

破晓时分,

太阳熄灭天上的星

以及先驱者特快列车的前灯。

一个消防队员向雪橇上的一位乡村学校教师挥手。

一个男孩,黄发,红围巾和手套,在雪橇上,在他的午餐盒里,有一块猪排三明治和一块V形醋栗派。

马匹测量及膝的雪。

雪帽在大草原起伏的群山上。

密西西比河岸的峭壁戴着雪帽。

---

[1] 先驱者特快列车(Pioneer Limited),往来于芝加哥与明尼阿波利斯—圣保罗之间的客运列车。

......

用玉米和糊状谷物轮流喂饲你的猪吧，

  啊农夫。

  填满它们的肚子，直至它们摆动着短腿蹒跚而走，

  在鼓胀的肚腹下，是脂肪堆满的火腿。

  杀你的猪吧，用刀在耳朵下割一口子。

  用砍肉刀砍它们。

  用钩子钩住后腿把它们吊起来。

  ......

夏日早晨的一车萝卜。

紫红色球上的点点露水。

坐在座位上的农夫，摇晃着灰斑马臀上的缰绳。

农夫的女儿拿着一篮鸡蛋，梦想着戴上一顶新帽子前

  往县市集[1]。

  ......

在路的左边和右边，

    是行进中的玉米——

---

[1] 县市集（county fair），美国各县于每年夏天举行的嘉年华活动。

数周前我看见它们高及膝盖——现已高至头顶——红丝流苏在玉米穗的末端爬行。

　　　……

我是大草原,人们的母亲,等待着。

他们是我的,打谷场上吃牛排的人,把公牛赶到铁路牛栏去的农家男孩。

他们是我的,参加七月四日野餐的群众,他们听一位律师宣读《独立宣言》,晚上看风车和罗马蜡烛[1],年轻的男女则双双对对,寻觅幽僻小路,亲吻桥梁。

他们是我的,马在十月底的严寒中往篱笆外望,向牵着一车芜菁甘蓝到市集去的马说声早安。

他们是我的,旧的锯齿形栏杆,新的带刺铁丝网。

　　　……

剥玉米皮的人双手穿上皮套。

在风中没有松手。

蓝色的大花巾系于红润的下巴。

---

1 罗马蜡烛(Roman Candles),一种传统烟火的名称。

秋冬的苹果，接受十一月五点钟日落的闷烧：秋天，
　　树叶，篝火，残茎，旧的东西消逝了，大地一片灰蒙。
土地和人民保存着记忆，即使在蚁丘和蚯蚓中，在蟾
　　蜍和木蠹蠊中——在被雨水冲刷的碑文中——它们
　　保存永不变老的旧东西。

霜冻让玉米皮松开了。
太阳，雨，风，
　　　　　　让玉米皮松开了。
男男女女都是帮手。
全都是剥玉米皮的人。
我看见他们在西天黄昏很晚的时候
　　　　　还在一片烟红的尘土中。
　　　　……
一只黄色公鸡的幽灵，在大粪堆上炫耀一顶猩红冠，
　　并向着缕缕日光高喊哈利路亚，
一只老猎犬的幽灵，在灌木丛中嗅寻麝鼠，半夜朝树
　　梢上的一只浣熊吠叫，嚼着骨头，绕着玉米囤追逐
　　自己的尾巴，

一匹老役马的幽灵,春天牵着一张犁的钢尖划过四十亩
地,夏天就套上耙,秋天则套上马车走在玉米秆中,
这些幽灵,在夏末的晚上,在农舍的前廊,成为人们
闲聊和感叹的内容。
"已经消失了的轮廓,都在这里。"在堪萨斯州的一个
晚上,当苜蓿上吹着热风,一个嘴里叼着一支棒状
烟斗的老人这样说。

……

看反舌鸟
巢里的六枚蛋。

听六只反舌鸟
在沼泽和高地上
争说快乐的蠢事。

看那些隐藏在
蛋里的歌。

……

当清晨的阳光照临小角藤的花丛时,且在厨房的锅具

旁歌唱:《在上帝的天堂里欢呼》[1]。

当雨水斜打在土豆山上,而太阳在最后的阵雨中戏玩着一束银光时,且向后院篱笆旁的灌木丛歌唱:《像玫瑰一样强大》[2]。

当冰冷的冻雨敲打在暴风雨的窗户上,而房子大为振奋时,且为外面的群山歌唱:"年老的绵羊不识路,年轻的羔羊必须找到路。"[3]

……

春天又溜回来了,一张女孩的脸总是在呼唤:"有什么新歌给我吗?有新歌吗?"

啊大草原的女孩,且孤独吧,唱着,梦想着,等待着——你的爱人来了——你的孩子来了——岁月随

---

[1] 《在上帝的天堂里欢呼》(*Shout All Over God's Heaven*),一首著名的美国黑人灵歌。
[2] 《像玫瑰一样强大》(*Mighty Lak'a Rose*),歌词以美国黑人口音来填写。
[3] 这是一首灵歌的歌词,原文为:"The Ole Sheep Done Know the Road, the Young Lambs Must Find the Way",特意保留了一种美国黑人口音。

四月雨的趾头爬到了新翻的草皮上。

啊大草原的女孩，不管是谁让你剩下绯红色的罂粟花
可以交谈，不管是谁吻别你的嘴唇后再也没有回
来——

有一首歌，就像秋日的红山楂那么深沉，就像我们前
往的那层黑壤土，在玉米带上闪耀的晨星，在黎明
时涌上山谷的麦浪那么长久。

　　　　……

啊大草原的母亲，我是你其中一个孩子。

我爱过大草原，就像一个因为爱而极度伤心的男人一样。

这里，我知道没有什么，比再来一次日出，或天上的
火月倒影成河中的水月那么让我渴望。

　　　　……

我说的是新的城市和新的人民。

我告诉你过去是一桶灰烬。

我告诉你昨天是一阵息止了的风，

　　一轮西沉的太阳。

我告诉你世上没有什么，

　　只有明天的海洋，

明天的天空。

我是剥玉米皮的人的兄弟,
　他们在日落时说:
　　　　明天又是一天。

伊利诺伊州农民

尊敬地安葬这位伊利诺伊州的老农民吧。

白天在伊利诺伊州的玉米田干活后,他把一生睡在伊利诺伊州的夜晚。

现在他会继续长眠。

他曾听过玉米穗丝和流苏里的风,在零度的早晨,当雪在谷仓蒲式耳篮子里的黄色玉米穗上铺上一层白时,风曾梳理过他的红胡子,

同样的风,现在将吹过这儿,他的双手必定梦见伊利诺伊州玉米的地方。

安打与得分

我记得奇利科西[1]队恶斗岩石岛[2]队那一场十六局的比赛，最后在黑暗中结束。

奇利科西球员的肩膀，在日落中是一股红色的烟雾，岩石岛球员的肩膀，在日落中是一股黄色的烟雾。

裁判的声音是沙哑的，大喊坏球、好球和出局，裁判的喉咙在尘土中为一首歌而战斗。

---

1 奇利科西（Chillicothe），美国俄亥俄州罗斯县的县城。
2 岩石岛（Rock Island），美国伊利诺伊州的一座城市。

夏末村庄

嘴巴在门口表示半愿意。
嘴巴在窗前半唱着歌。
眼睛在墙上半做着梦。
双脚在厨房半跳着舞。
连钟也为时间打了半个哈欠,
而农夫给了半个答案。

奥马哈酒店窗外日落

红色的太阳奔向

蓝色的河山，

而长长的细沙变了，

今天已成过去，

今天已不值得讨价还价。

    在奥马哈，

    暮色是苦的，

    就像在芝加哥，

    或基诺沙[1]。

长长的细沙变了。

今天已成过去。

---

1 基诺沙（Kenosha），美国威斯康星州基诺沙县的一座城市，东临密歇根湖。

时间敲进另一颗黄铜钉。

另一黄色撞针杆射向黑暗。

    星宿旋转，

    在奥马哈上空，

    就像在芝加哥，

    或基诺沙。

长长的细沙不见了，

        一切谈话都是关于星星。

它们拱照在内布拉斯加州的天穹。

静物

让游览车厢的栏杆令你的脚后跟凉快。

让司机尽显它的潜力至时速九十英里。

左右观赏大草原吧，那里有起伏的土地和簇新的干草作物，一片一片的新干草，全铺在阳光下。

一座灰色的村庄如斑点掠过，给拴在邮局前的马，一眼也不眨。

一座谷仓和十五头荷斯坦乳牛，一堵黑墙的地图上给擦上的白色斑点，一眼也不眨。

在堪萨斯城的前哨——塔楼上的一个信号员，在黑夜里紧守窗前岗位，伴随他的是一尊沉静的铜像，当恋人们悄声走过。

乐队音乐会

内布拉斯加市公共广场乐队音乐会。飘动的、旋转的连衣裙,夏日般白的连衣裙。脸、肉的色彩猛动,仿佛樱花的飞散。还有咯咯笑的人,天晓得,咯咯笑的人,比得上《马厩蓝调》里的小马嘶叫声。

穿得破烂的牛仔和黑人。男孩们骑着栗色马,向穿上连衣裙、夏日般白的连衣裙的女孩们发出玉米地的笑声。在短号的断奏和大号的嗡姆吧声中,咯咯笑的人,天晓得,咯咯笑的人傻乎乎的,像让人眼花缭乱的生命。

慢悠悠的晚安旋律和甜蜜的家。在一家五金店里,小鼓手会计向一个铁路售票员的女儿点头问好——一个咯咯地笑的人,天晓得,一个咯咯笑的人——还有夏天般白的连衣裙从公共广场那里如扇般飘散开来。

冰激凌苏打水里的碎草莓,棉白杨和柳树间的夜风,门廊和阶下的格格阴影,它们都对这故事知道得更多。

地方

马车轮的间隙,是我从未见过的地方,
还有红马峡[1]和克里普尔溪[2]的滑道。

在泄水道里挖掘的红衣矿工,
打上红领带在夜街出没的赌徒,
一夜间消失的牛蛙镇[3]和斯基多镇[4],
让夜凉的石灰岩透着一片苍白的死亡谷[5],
从哈西安帕谷[6]一条岩架路
直坠八百英尺的深渊:

---

1 红马峡(Red Horse Gulch),位于美国科罗拉多州落基山脉的一座山峡。
2 克里普尔溪(Cripple Creek),美国科罗拉多州特勒县的一座城市。
3 牛蛙镇(Bull Frog),美国内华达州奈县的一座鬼城。
4 斯基多镇(Skidoo),位于美国死亡谷的一座鬼城。
5 死亡谷(Death Valley),位于美国加利福尼亚州的沙漠谷地。
6 哈西安帕谷(Hassayampa Valley),位于美国亚利桑那州的间歇河谷。

这些人和地方,都是我从未见过的。

我见过三家白马酒馆,

一家在伊利诺伊州,一家在宾夕法尼亚州,

一家在威斯康星州的林荫大道上。

我在太阳阵雨间,在一个

名为"白鸽"的地方买了奶酪和饼干,

靠在一起的还有一家打铁店,一家邮局

和一家浆果箱工厂,那里有四条道路相交。

在自由港[1]附近的佩卡托尼卡河[2]上,

我见过男孩们赤脚跑到落叶中,

向金黄的秋天里

那一株胡桃树扔棍子,

---

[1] 自由港(Freeport),美国有多处,这里是指位于伊利诺伊州的自由港。
[2] 佩卡托尼卡河(Pecatonica River)是罗克河(Rock River)的支流,流经威斯康星州南部和伊利诺伊州北部。

掌心还有一抹干了的褐色泥巴。

在诺克斯县的雪松福克溪[1],
我知道十月底的手指
是如何松开榛子的。
我知道半开着壳的棕色眼睛。
我认识名叫林德奎斯特、斯旺森、希尔德布兰德的男孩。
我记得他们在坚果成熟时的呼喊声。
还有一些在机械厂工作；一些加入了海军；
还有一些根本不在任何地方工作。
他们的母亲正等着他们回家。

---

1 雪松福克溪（Cedar Fork Creek），位于美国田纳西州的诺克斯县。

马尼托巴省[1]公子罗兰

昨晚,一月的风撕扯着我们的屋瓦,并在屋檐下吹着一首狼歌。

我坐在一把皮摇椅上,给一个六岁的女孩读一首勃朗宁的诗《公子罗兰来寻黑塔》[2]。

她的眼睛有秋山的薄雾,对她来说这是美丽的,但她无法理解。

这首诗说,一个人正横越一片大草原,什么事也没有发生——而他继续下去——一切都是孤独的,空寂的,没有人在家。

---

[1] 马尼托巴省(Manitoba),位于加拿大中南部。
[2] 《公子罗兰来寻黑塔》("Childe Roland to the Dark Tower Came")为罗伯特·勃朗宁(Robert Browning, 1812—1889)于1855年写就的叙事长诗。

而他继续下去——什么事也没有发生——然后他碰见马的颅骨,一匹死马干枯的骨骸——你比以往任何时候都更清楚,一切都是孤独的,空寂的,没有人在家。

这个人拿起一支号角,对着嘴吹——他把骄傲的脖子和前额,凝定在空寂的天穹和空寂的大地上——并吹响最后一次神奇的呼喊。

当人类不断穿梭来回的自动记忆无奈地关掉它的结果,而这就像捕鼠器的咔嗒声,或42厘米炮弹的轨迹一样无可避免时,

我的脑海中便闪现一个人的形态,他的臀部陷在马尼托巴省和明尼苏达州的雪堆里——这是一场从温尼伯到明尼阿波利斯的雪橇德比赛。

他从温尼伯出发的比赛第一天就被打败了——领队

狗被四个队友吃掉了——但他继续下去——当对手驾驶雪橇时他继续下去——当对手睡觉时他继续下去——

在一场二十四小时的暴风雪中他迷失了方向，一小时又一小时地重复绕圈——跟在雪地上挖洞和呜咽求眠的狗搏斗——跑了、走了五百英里来到比赛终点——几乎是获胜者——一只脚趾冻僵了，双脚起了水泡，而且冻伤了。

而我知道为什么西北地区有一千个年轻人在终点线上迎接他，为他高声欢呼——我知道为什么比赛裁判认为他是胜利者，并颁授一个特别奖给他，纵然他是一个失败者。

我知道在五百英里的暴风雪中，他一直在衬衫下，在怦怦跳动的心中保持着公子罗兰最后的神奇呼喊——我把这一切都告诉了那个六岁的女孩。

当一月的风撕扯着屋瓦,并在屋檐下吹着一首狼歌的时候,她的眼睛有秋山的薄雾,对她来说这是美丽的,但她无法理解。

芝加哥诗人

我向一个无名小卒致敬。
我在一面镜子里看见他。
他笑了——我也是。
他蹙额皱眉——我也是。
我做的每件事,他也做。
我说:"你好,我认识你。"
我这话其实是谎言。

哎,这个,镜中人!
说谎者,傻瓜,做梦的人,戏剧演员,
士兵,喝尘土的邋遢酒徒——
哎!他会跟我走下
黑暗的楼梯,
当没有其他人在看,
当所有人都离开了。

他的手肘锁住我的手肘，

我失去一切——除了他。

比尔贝
——摘自公元前四千年的巴比伦碑文

比尔贝,星期六晚上我在巴比伦。
我到处也没看见你。
我到过老地方,那里有其他女子,
但没有比尔贝。

你去了另一个房子?或城市?
你为什么不写信?
我很遗憾。我半病着走回家。

告诉我是怎么回事吧。
给我写封信。
好好照顾自己。

南太平洋 [1]

亨廷顿 [2] 睡在六英尺长的房子里。
亨廷顿梦见他兴建和拥有的铁路。
亨廷顿梦见一万人对他说:是的,先生。

拜法利睡在六英尺长的房子里。
拜法利梦见他铺设的铁轨和枕木。
拜法利梦见自己对亨廷顿说:是的,先生。

亨廷顿、
拜法利,睡在六英尺长的房子里。

---

1 南太平洋是指南太平洋铁路(Southern Pacific Railroad),乃美国曾存在的铁路路线之一,属中太平洋铁路的一部分。
2 亨廷顿,全名为科利斯·波特·亨廷顿(Collis Potter Huntington, 1821—1900),是策划兴建美国西部铁路网的四大商业巨头之一,南太平洋铁路亦在其主导下发展完成。

洗衣妇

洗衣妇是救世军的一员。
她一边把肥皂桶内的内衣搓干净,
一边唱着,耶稣将洗净她的罪,
她对上帝和人类所犯下的血腥过错,
都会像雪一样洁白。
搓洗内衣时,她唱着最后的大清洗日。

一辆汽车的写照

这是一辆瘦削的车……车中的长腿犬……一辆灰色幽
灵般的鹰车。
它的脚在吃路上的尘土……它的翅膀吞噬着群山。
司机丹尼梦见它,当他睡觉时看到穿红裙红袜的妇女们。
它进入了丹尼的生命,并在他血液中奔跑……一辆瘦
削的灰色幽灵车。

野牛比尔 [1]

约翰尼·琼斯的少年心——今天在渴望吗?
渴望,是野牛比尔在镇上吗?
野牛比尔,还有小马、牛仔、印第安人?

我们有些人知道
其中一切,约翰尼·琼斯。

野牛比尔是一种眼睛的斜视,
  一种在马背上,帽底下的斜视。
他坐在马上,短暂的眼神凝定在
  约翰尼·琼斯,你和我身上,光着脚,
马背上,帽底下,一种斜视的,短暂的,漫不经心的
  眼神。

---

1 野牛比尔(Buffalo Bill)是威廉·弗雷德里克·科迪(William Frederick Cody, 1846—1917)的绰号,他是美国西部拓荒时期的传奇人物,善于猎杀野牛。

哒哒的作响去吧,啊,小马沿街的蹄声。

来吧,再一次让你的眼睛斜视,啊野牛比尔。

再一次让我们的少年心去渴望吧。

再一次充实我们,以那些炽热的爱,关于草原、黑夜、孤独的马车,以及来复枪在一次伏击中火光四射的噼啪声。

钢的祷告

神啊,把我放在铁砧上。
打我,把我锤成撬棍。
让我撬开旧墙。
让我撬起和松开旧地基。

神啊,把我放在铁砧上。
打我,把我锤成长钢钉。
把我打进那些支撑摩天大楼的梁柱里。
以火红的铆钉,把我钉在中央大梁上。
让我成为伟大的钉子,支撑摩天大楼穿越蓝色的夜晚,
　　进入白色的星宿中。

漫画

我在制作一个女人的漫画。她是人民。
她是干脏活的伟大母亲。
许多孩子紧紧抓住她的围裙,爬在她的
脚下,依偎着她的胸脯。

室内

在夜晚的寒凉中,
大钟将时刻逐点摘下,
主弹簧都松开了。
它们需要上发条。
总有一天
它们需要上发条。

拉伯雷穿上红色的纸板,
沃尔特·惠特曼穿绿色,
雨果穿上十美分的纸封面,
在夜晚的寒凉中,
他们站在这里的书架上,
没有人说过什么话……
反对他们……
或赞同他们……
在夜晚,

也在码头的寒凉中。

一个穿鸽灰色睡衣的男人。
打开的窗户从他的脚下
延展至比他的头还高。
八英尺高就是样板。

月亮和薄雾形成一个长方形的布局。
银光在他的赤足上。
他在月亮的银光里摆动一只脚。
这一切不花分文。

再多一天的面包和工作,
再多一天……这么多的破烂。

赤足的男人在月亮的银光中
对着隐藏的事物
轻说着"你"和"你",
在夜的寒凉中,

在拉伯雷、惠特曼和雨果中,

在一片长方形的月雾中。

从窗户往外看……是大草原。

月雾让一片高尔夫球场变白。

更白的是石灰石矿场。

蟋蟀不停地唧唧鸣叫。

开动大西部铁路侧线

篷车[1]的引擎,为威霍肯[2]、

奥斯卡罗萨[3]、萨斯喀彻温省[4]准备列车;

牲口、煤、玉米都必须

在夜间出发……在大草原上。

---

1 篷车,又称棚车,俗称闷罐车,是一种封闭的火车车厢,一般用来运载货物。
2 威霍肯(Weehawken),位于美国新泽西州。
3 奥斯卡罗萨(Oskaloosa),位于美国艾奥瓦州中南部。
4 萨斯喀彻温省(Saskatchewan),以农业和畜牧业著称,乃加拿大主要粮仓。

脉搏呼呼地前进，
在夜晚的寒凉里跳动。
呼呼，呼呼……
这些心跳在夜里行走了一英里，
触摸着窗口的月亮银光，
以及男人的骨头。
这一切不花分文。

拉伯雷穿上红色的纸板，
沃尔特·惠特曼穿绿色，
雨果穿上十美分的纸封面，
他们站在这里的书架上，
在夜晚，
也在时钟的寒凉中。

给黎明前出发者的赞美诗

警察慢慢地、细心地买鞋；卡车司机慢慢地、细心地买手套；他们爱护自己的手脚；他们靠手脚谋生。

送牛奶的从不与人争论；他一个人工作，没有人跟他说话；他工作的时候整座城市都睡着了；他把瓶子放在六百道门廊上，称之为一天的工作；他爬上两百座木楼梯；两匹马是他的同伴；他从不与人争论。

轧钢工人和钢板工人是煤渣的兄弟；下班后，他们把煤渣从鞋里倒出来；他们要妻子修补裤子膝盖上给烧焦了的破洞；他们的脖子和耳朵都沾满煤烟；他们洗擦脖子和耳朵；他们是煤渣的兄弟。

基奥卡克附近 [1]

三十二名希腊人在小溪里浸脚。

他们的赤足在清凉的水流中晃荡。

在这盛夏天,满满十小时,希腊人

 一直穿上皮鞋铲碎石。

现在他们把脚趾和足踝

 保持在流水中。

然后他们走到卧铺车上

 吃蔬菜烩肉和李子酱,

抽一两斗烟,看着星星,

 讲一些他们所认识的

男女的下流故事,

 他们所见过的国家,

他们所建过的铁路——

 然后,是孩子们的沉睡。

---

1 基奥卡克(Keokuk),位于美国艾奥瓦州,是艾奥瓦州最南端的城市。

律师

经过数周以来的直接和交叉盘问、律师之间的激烈冲突以及法官的冷静决定后,陪审团鱼贯而入做出裁决,这时全场高度静默——捻弄拇指结束了——在痰盂附近的法警们拿出新鲜的烟草咀嚼,等待着——连时钟的嘀嗒声也有机会被听到。

辩方律师清了清嗓子,一切已准备好了,如果裁决是"罪名成立",他就会提出重审动议,他会以轻柔的声音说话,以略带着苦涩的错误并混合着巨大的耐心的声音说话,以神话般的阿特拉斯肩膀,说出许多荒谬和不公的情况。

三个球

贾沃斯基的家在一条小街上,只有雨洗刷着布满灰尘
的三个球。
一个月前,当我经过窗户时,有一种自豪的孤独安歇
在那里:
一本铜扣被拧断了的家庭《圣经》,一座没有钟摆的木
钟,
还有一只瓷制十字架,耶稣左肘所在的位置,釉彩脱落。
我今天经过,它们都在那里,安于一种自豪的孤独,
时钟和十字架说的话不比以前多,也不比以前少,
还有一只黄猫在一片阳光下睡觉,旁边是一本搭扣
脱落了的家庭《圣经》。
只有雨洗刷着布满灰尘的三个球,在一条小街上,贾
沃斯基的家门前。

单调乏味

如果我可活一百万次，

  可死一百万次，

  在一百万个单调乏味的世界里，

我想改变我的名字，

  每次我死的时候，

  都有一个新的门牌号，

  并开始过全新的生活。

我不想每次都是用同一个名字，

  老是同一个门牌号

  去经历一百万次死亡，

  一次接一次，死一百万次：

  ——你想吗？

    或你？

      或你？

指节套

在亚伯拉罕·林肯的城市,
他们记得他的律师的招牌,
这是他们带给他的地方,
裹在战旗里,
从塔拉哈西[1]到育空[2],
裹在记忆的烟雾中,
现在,这地方有他的坟墓的竖井,
泛着白色,指向蓝色草原的穹顶,
在亚伯拉罕·林肯的城市……我看见指节套
在费斯克曼先生位于第二街的
二手商店的橱窗里。

我走进去问:"多少钱?"

---

1 塔拉哈西(Tallahassee),乃美国佛罗里达州州府。
2 育空(Yukon),位于加拿大西北部地区。

"每对三十美分。"费斯克曼先生回答。

然后从架上拿出一盒新的,

又把橱柜里的盒子重新装满,

并随便地说一句,极其漫不经心地,

随便地说:"这些东西,我一个月卖一车。"

我把手指滑进指节套内,

这是以铸厂花样模塑的铁铸指节套,

然后我有了一些这样的想法:

费斯克曼先生是为了亚伯[1]和"对任何人无恶意"之类的东西,

而街车罢工者和破坏罢工者,

以及强击手、枪手、侦探、警察、

法官、公用事业主管、牧师、律师,

他们全都是为了亚伯和"对任何人无恶意"之类的东西,

我开始向门口走去。

---

1 亚伯(Abe)是亚伯拉罕的昵称。

"也许你想要一对更轻的。"
传来费斯克曼先生的声音。
我打开门……声音又来了：
"你是个有趣的顾客。"

裹在战旗里，
裹在记忆的烟雾中，
这是他们带给他的地方，
这是亚伯拉罕·林肯的家乡。

楼上

我也有一阁楼的旧玩具。

我有断臂的锡兵,在楼上。

我有一辆掉了轮子的马车,在楼上。

我有枪和鼓,跳娃娃[1]和魔术灯笼。

灰尘在它们身上,我从不上楼去看它们。

我也有一阁楼的旧玩具。

---

1 跳娃娃(Jumping Jack),一款历史悠久的玩偶,多属木制,肢体关节以绳联结,拉动即可做出开合跳的动作。

泥水匠的爱

我想自杀,因为我只是一个泥水匠,而你却爱上了一个开药店的。

我不像以前那么在意了;我砌的砖比过去更整齐,下午用泥刀干活时,我唱得比以前更慢。

当阳光照进我的眼睛,梯子摇晃不定,而灰泥板也出问题的时候,我想念你。

冷冢

当亚伯拉罕·林肯被埋进坟墓里,他忘记了铜斑蛇[1]和刺客……在尘土中,在冷冷的墓冢里。

尤利西斯·格兰特完全忘记了骗子和华尔街,现金和抵押品都化成灰烬……在尘土中,在冷冷的墓冢里。

波卡洪塔斯[2]的身体,像杨树一样可爱,像十一月的红山楂或五月的木瓜一样美好,她曾感到疑惑吗?她还记得吗?……在尘土中,在冷冷的墓冢里。

街上任何购买衣服杂货,或向英雄欢呼,撒彩纸,吹喇叭的群众……告诉我,情人是不是失败者……告

---

1 铜斑蛇(Copperhead)是美国南北战争时同情南方的北方人。
2 波卡洪塔斯(Pocahontas,约1596—1617),乃美国弗吉尼亚州海岸地区印第安部落联盟酋长波瓦坦(Powhatan)的女儿。

诉我，有没有人比情人得到更多的东西……在尘土中，在冷冷的墓冢里。

老奥萨沃托米 [1]

约翰·布朗 [2] 的身体在晨星下。

六英尺的尘土在晨星下。

而战争的全景在六英尺的

围剿舞台上展现出来。

为葛底斯堡 [3]、荒野、奇卡莫加 [4] 留下了空间,

在一个六英尺的尘土舞台上。

---

1 奥萨沃托米(Osawatomie),位于美国堪萨斯州。
2 约翰·布朗(John Brown, 1800—1859),美国废奴主义者。1856年,他参与堪萨斯内战,其中包括奥萨沃托米战役。1859年他率众起义,但迅速被罗伯特·李将军(Robert Edward Lee, 1807—1870)平定,布朗被处决。
3 葛底斯堡(Gettysburg),位于美国宾夕法尼亚州,因爆发标志着美国内战转折点的葛底斯堡战役而闻名。
4 奇卡莫加(Chickamauga)战役爆发于1863年9月,为美国南北战争重要战役之一,标志着北部联邦奇卡莫加进攻行动的结束。

草

把尸体高高堆叠在奥斯特利茨和滑铁卢[1]。

把他们铲进泥土下让我工作——

   我是草;我掩盖一切。

再把他们高高堆叠在葛底斯堡,

再把他们高高堆叠在伊普尔和凡尔登。

把他们铲进泥土下让我工作。

两年,十年,旅客们问起乘务长:

   这是什么地方?

   我们到了哪里?

---

1 诗里提及的地名均是各大战役中死伤惨重的城市:奥斯特利茨(Austerlitz)位于捷克,1805年拿破仑于此溃击俄奥联军;滑铁卢(Waterloo)位于比利时,1815年拿破仑战败处;葛底斯堡位于美国,1863年南北战争,北军于此击败南军;伊普尔(Ypres)位于比利时,是一战时遭受重创的城市;凡尔登(Verdun)位于法国,一战时盟军在此阻挡德军攻击。

我是草。

让我工作。

滴水嘴兽

我看到一个嘴巴在嘲笑。红铁水的微笑掠过了它。它的笑满是钉子的嘎嘎声。这是一个孩子关于嘴巴的梦。

一拳击中嘴巴：枪金属的指关节，由一个电手腕和肩膀驱动。这是一个孩子关于手臂的梦。

拳头不断击打嘴巴，一次又一次。嘴巴的伤口流着熔化了的铁，并嘲笑钉子的嘎嘎笑声。

我看到拳头打得越厉害，嘴巴就笑得越厉害。拳头不断砰砰作响，嘴巴则作出回响。

房子

楼下住着两个瑞典家庭,楼上则是一个爱尔兰警察,还有一个老兵,乔叔叔。

两个瑞典男孩上楼去看乔。乔的妻子死了,唯一的儿子也死了,他在密苏里州和得克萨斯州的两个女儿不想他在身边。

孩子们和乔叔叔用锤子在熨斗底砸核桃,这时一月的风呼啸着,零度冷空气在窗玻璃上编织着雪花。

乔告诉瑞典男孩关于奇卡莫加和查塔努加[1]的一切,在一个漆黑的夜晚,联邦士兵如何在雨中匍匐前进,杀了许多叛军,拿着旗帜,守住一座山头,赢得了学校历史课上所讲述的胜利。

乔拿起一支木匠粉笔,在地板上画线,并堆叠柴木,展示六个团在爬坡时被屠杀的地方。

---

1 查塔努加(Chattanooga),位于美国田纳西州东南部的城市,为南北战争重要战场之一。

"他们去了这里","他们去了这里",乔说。一月的风呼啸着,零度冷空气在窗玻璃上编织着雪花。

这两个瑞典男孩脑海中带着一大堆枪、人、山的模糊概念走下楼去。他们吃鲱鱼和土豆时,告诉家人战争是神奇的,军队也是神奇的。

晚餐时,有人突然大叫:我希望我们现在就打仗,那我就可以当兵。

来自发白的嘴唇

来自发白的嘴唇的一个问题：七百万个死人能以他们的鲜血，为活着的妻儿换取一点土地，为活着的兄弟姐妹换取一点土地吗？

来自发白的嘴唇：他们只有掠遍地球好让他们鼻孔呼吸的空气，而他们给战争拖曳浸泡久了的鞋，在大地尘土上却没有立足之地吗？

来自发白的嘴唇：旗帜上的红，是站在自己的土地上的一个自由人的血，还是一头绵羊，因其肉而被人割喉的红？

来自发白的嘴唇，白炽的痛楚在低怨：谁将得到土地？是站在深及足踝的战友血泊中，站在从土地掘出的红色战壕里的他？

一百万年轻工人，1915

一百万名正直而坚强的年轻工人僵卧在草地和路上，
现在，这一百万人已埋入泥土，腐烂的肉身将在未来
　　岁月里滋养血红玫瑰的根。
是的，这一百万名年轻工人互相残杀，未及看到他们
　　染红了的手。
哦，假如这一百万人知道为什么要砍死、撕碎对方，
　　那将会是一项伟大的杀戮工作，也是太阳底下一件
　　崭新的、美丽的事情。
国王们咧着嘴笑，大帝和沙皇——他们还活着，坐在
　　真皮座椅的汽车里，有自己的女人和玫瑰以供逸乐，
　　他们早餐吃鲜煮鸡蛋、鲜牛油吐司，坐在高大而保
　　卫森严的房子里阅读战争消息。
我梦见一百万年轻工人的鬼魂，他们的衬衫已成玫瑰
　　色，全浸泡在那绯红色中……他们大叫着：
该死的那些咧着嘴笑的国王，该死的大帝和沙皇。

烟

我坐在椅子上读报。

数以百万计的人去打仗,其中数之不尽的人被埋葬,枪支和船只被毁,城市被焚,村庄冒烟,在嘶哑的烤肉声中牛群被杀掉,孩子们像北风中的烟圈一样消失。

我坐在椅子上读报。

选自《烟与钢》

(1920)

烟与钢

春天田野的烟是一种,
秋天落叶的烟是另一种。
钢铁厂屋顶或战舰烟囱的烟,
它们都随一支大烟囱直线上升,
或者扭动……在风的……慢速扭动中。

如果北风来了,它们就向南跑。
如果西风来了,它们就向东跑。
　　靠这信号,
　　　所有的烟
　　　　都互相认识。
春天的野烟,秋天的落叶,
成品钢上的烟,冰冷,呈蓝,
它们以工作的承诺起誓:"我认识你。"

很久以前,当上帝创造我们结束后,

我们从内心深处搜寻并发出嘶嘶声,
在内心深处,是煤渣,我们来自那里——
你和我,还有我们的,烟的头颅。

上帝工作时落下的一些烟
越过天空计算我们的岁月,
并在我们的数字秘密中歌唱;
唱它们的黎明,唱它们的夜晚,
唱一首古老的篝火歌:
  你可以把风门拉上,
  你可以把风门放下,
  从烟囱升起的烟都一样。

城市落日天际线的烟,
乡间黄昏地平线的烟——
  它们越过天空,计算我们的岁月。
  …………
砖红色尘土的烟
  从烟囱

螺旋吹出，

为了一轮隐秘的、惊鸿一瞥的月亮。

这，铁条库对初轧机说，

这是煤和钢的俚语。

日班把它交给夜班，

夜班又把它交回。

在这俚语中结结巴巴地说吧——

让我们了解其中一半吧。

　　在轧钢厂和钢板厂里，

　　在冷雾和爆炸的隆隆声中，

　　烟改变了它的影子，

　　人们改变了他们的影子；

一个黑人,一个意大利佬[1],一个东欧佬[2]都改变了。

一根钢条——它的中心
只有烟,烟,和一个人的血。
一个奔火者跑进去,跑出来,跑到别处去,
然后剩下——烟和一个人的血,
以及成品钢,冰冷,呈蓝。

这样,火跑进去,跑出来,再跑到别处去,
那根钢条是一把枪,一个轮子,一口钉,一把铁锹,
海底的船舵,空中的舵机;
永远黑暗的心,通过它,
　　烟和一个人的血。

---

1 原文是"wop",指没有移民文件(Without Papers)的人。当年很多意大利移民都没有文件证明身份,被称为"wop",也是对意大利人的一种蔑称。
2 原文是"bohunk",美国俚语,指从东欧来的底层无技术工人。

匹兹堡，扬斯敦[1]，加里[2]——它们用人来造钢。

以人的血和烟囱的墨，
烟之夜写下它们的誓言：
烟化为钢，血化为钢；
霍姆斯特德[3]，布洛克[4]，伯明翰，它们用人来造钢。
烟和血是钢的混合物。

飞行员在蓝天中
发出嗡嗡声；这是马达
歌唱和疾飞的钢。

---

1 扬斯敦（Youngstown），位于美国俄亥俄州东部。
2 加里（Gary），位于美国印第安纳州西北部莱克县密歇根湖畔的城市。
3 霍姆斯特德（Homestead），位于美国宾夕法尼亚州。霍姆斯特德炼钢厂（Homestead Steel Works）于1881年建成，1892年发生过一次工潮，史称"霍姆斯特德大罢工"（Homestead Strike）。
4 布洛克（Braddock），位于美国宾夕法尼亚州，1873年钢铁大王安德鲁·卡内基（Andrew Carnegie, 1835—1919）在这里设立了埃德加·汤姆森钢铁厂（Edgar Thomson Steel Works）。

....

工厂四周有带刺钢网。

工厂闸门卫兵的枪套里有钢枪。

钢制的矿砂船载着用钢从地球挖出的货物,并用钢臂抬起、拖曳,一路上,蛤蜊壳叮当作响地为它们歌唱。

现在的奔火者,现在的操作员,都是钢;他们挖,抓,拉;他们升起他们的自动指关节,从一项工作到另一项工作;他们是制造钢的钢。

火、灰尘和空气在火炉里搏斗;浇铸是定时的,钢坯在扭动;炉渣被丢弃:

海上的邮轮,地上的摩天大楼;海里的潜水钢,空中的攀爬钢。

....

黑暗中的搜寻者,你史蒂夫拎着一个饭盒,你史蒂夫黄昏时在人行道上挟着晚报,为了妻儿拖着沉重的步伐走,你史蒂夫满脑子疑惑,不知道我们到最后会死在何处?

黑暗中的搜寻者,史蒂夫:我勾住我袖子上沾有煤渣的手臂;我们一起沿着街道走;这对我们来说都是一样的;你史蒂夫和我们其余的人都会在同一星球上了结;我们都会在地狱里一起戴帽子,在地狱,或者天堂。

现在是烟之夜,史蒂夫。
烟,烟,消失在昨天的筛子里;
今天又被扔到铲斗和吊钩上。
永远像时钟和汽笛一样的烟。
　现在是烟之夜。
　明天是别的东西。
　............

幸运月亮来而复去:
五个人在一炉赤钢里游泳。
他们的骨头被揉成钢的面包:
他们的骨头被敲成线圈和铁砧
以及跟大海搏斗的涡轮机的抽吸柱塞。
去无线电台杜撰的故事中寻找他们吧。
因此鬼魂藏在钢里,就像镜子里全副武装的人。

偷窥者，偷懒者，他们在发笑的坟墓里跳影子舞。
他们总是在那里，他们从不回答。

其中一人说："我喜欢我的工作，公司对我很好，美国
 是一个很棒的国家。"
另一人："天哪，我的骨头疼；公司是个骗子；这是一
 个自由的国家，像地狱一样。"
另一人："我结识了一个女孩，非常可爱；我们存了点
 钱，开了农场养猪，自己当老板。"
其他人是远离家乡的粗野歌手。
从一道钢制的墓门后寻找他们吧。

  他们嘲笑那代价。
  他们把飞行员升往蓝天。
  这是马达歌唱和疾飞的钢。

在地下通道的消防栓和油鼓里，
在缓慢的液压钻，在硬黏土或沙砾中，
在电枢蜘蛛网的发电机轴下，

他们都在跳影子舞,并嘲笑那代价。

　　…………

熔炉照亮一个红色的圆顶。

火的卷轴缠绕又缠绕。

绯红的四边形发出噼啪声。

垂死的褐红色的冲激停止了。

火和风把炉渣洗掉。

炉渣永远在火和风中被清洗。

钢学会的赞歌是:

　　要么这样做,要么挨饿。

寻找我们犁上的锈。

谛听我们,在打谷机的冷笑声中。

看看我们的工作,在运送的一车小麦中。

　　…………

火和风在炉渣上清洗。

篷车,时钟,蒸汽挖土机,搅拌桶,活塞,锅炉,剪
　　刀——

啊,来自山上的睡着了的炉渣,满含炉渣的生铁会沿
　　着许多道路走下去。

人们会用它来刺戳，射击，造牛油，在河底建隧道，刈割一行行干草，宰猪，剥牛皮，以及驾驶飞机横越北美、欧洲、亚洲，周游世界。

在一个坚硬的岩石国度被砍下，在工厂和熔炉中被打碎、烘烤，生锈的尘土等待着，

直到它整齐而坚硬的原子组织被破坏，并弄钝把它咬出一个洞来的钻头。

它的底座和凸缘的钢，噢上帝，是以百万分之一英寸来计算的。

…………

有一次，当我看着炉火的弧线时，披上粗糙围巾的女人在跳舞，

从烟道和烟囱里跳出来——飞扬着的火发，倒着飞的双脚；

一桶桶、一筐筐的火在爆炸，在咯咯大笑，火从稳定的、牢固的熔炉里疯狂地奔腾而出；

那些火花，从地球岩石肋骨的腹腔神经丛中发出"哈—哈—呼"的爆裂声，并嘲笑着它们自己；

火的耳朵和鼻子，火的叽里咕噜的大猩猩的手臂，金

色的泥馅饼，金色的鸟翅膀，骑着紫色骡子的红色夹克，从驼峰上滚下来的猩红色的独裁者，跨坐在朱砂色气球上的被刺杀的沙皇；

然后我看到火一闪一闪：再见：然后是烟，烟；

而在屏幕上，是夜的伟大的姐妹们和寒凉的星，女人们坐着梳理头发，

在空中等待着，慢悠悠的眼神等待着，等待着，半咕哝着：

  "既然你什么都知道，

  我什么都不知道，

  告诉我昨晚我梦见了什么。"

  …………

珍珠蜘蛛网在多风的雨中，

在一闪而过的风中，

被瞥见，消失，从此再无消息。

一池月光前来伫候，

但永远不需伫候太久：风像这样

捡起散落的金子，就消失了。

一根钢条睡下了,斜眼看着
珍珠蜘蛛网,那月光的池塘;
斜眼睡了一百万年,
穿一件生锈外套,一件飞蛾背心,
一件夹杂着草皮和壤土的衬衫。

风从不打扰……一根钢条。
风只捡拾……珍珠蜘蛛网……月光池塘。

巴尔的摩与俄亥俄铁路[1]上的五座城镇

白天……不知疲倦的烟囱……悬挂在山坡上的,饥饿的,冒着烟的木屋……轻声说:我们可以应付下去,就是这样。

晚上,一切都亮了起来……火般的黄金条,火般的黄金烟道……而木屋在笨拙的阴影中颤抖……群山也快要颤抖……全都轻声说:靠着上帝,我们将会发现,或知道为什么。

---

1 巴尔的摩与俄亥俄铁路(Baltimore and Ohio Railroad,简称为B&O或BO)是美国第一条大众运输铁路,也是美国最古老的铁路之一。

工作党

篷车行驶了一英里长。
我想知道,当它们在侧道上行驶了一英里后,
会互相诉说些什么。
也许它们的闲聊是:
我从法戈[1]装载着一堆小麦来到了危险线。
我装载着一群短角牛从奥马哈来,他们把我的木板劈
　开了。
我是从底特律来的,满载着五美元钞票。
我去年从胡德河[2]运来苹果,今年从佛罗里达运来一捆捆
　香蕉;明年他们希望从我这里得到密西西比的西瓜。

当暗星出现在夜空,守夜人四处巡视时,
工作党的锤子和铁锹都睡在工厂的角落里。

---

1 法戈（Fargo），美国北达科他州东南部城市。
2 胡德河（Hood River），位于美国俄勒冈州。

然后锤头对着锤柄说,

然后铁锹的铲斗们互相倾诉,

白天的工作是如何割伤和刨平它们,

它们是如何整天挥动和高举,

工作党的手是如何散发着希望的味道。

在暗星的夜晚

当天穹的弧线是一支工作党的手柄时,

在一英里长的侧道上的夜晚,

在锤子和铁锹睡在角落的夜晚,

守夜人用梦填满他们的烟斗——

有时他们打瞌睡,什么也不关心,

有时他们从他们的脑袋中搜寻意义,故事,星星。

它的内容是这样的:

我们走了很长的路;还有很长的路要走;在途上,为了我们的肺部,长长的休息以及长而深的吸气。

睡眠是所有人的一件附属品;即使所有歌都是老歌,歌唱的心也被扼杀,就像扳道工的提灯没有燃油一样,即使我们在终点忘记了我们的名字和房子,睡眠的秘密还是留给了我们，睡眠属于所有人，睡眠是一切中最早、最后和最好的。

歌唱的人民；歌唱的口连接着歌唱的心的人民；必须歌唱否则去死的人民；如果没有歌唱的口，歌唱的心就会破碎的人民；这些都是我的人民。

帽子

  帽子,你属于哪里?
    你下面是什么?

在一座摩天大楼前额的边缘,
我低头看了看:帽子:五万顶帽子:
以蜜蜂、牛、羊和瀑布的声音涌至,
以海草的沉默、大草原玉米的沉默停下。
  帽子:把你乐观的期望告诉我。

他们都想演哈姆雷特

他们都想演《哈姆雷特》,
他们都没有确实见过父亲被杀,
也没见过母亲被谋害,
也没见过一位奥菲莉娅躺在地上,尘封着心,
没有确实看到唱着歌的金色蜘蛛的纺纱圈,
他们没有确实了解过这个,或花的意义——哦,花,
 一个跳舞女孩抛下的花——在"墨鱼"[1]莎士比亚写
 过的最悲伤的戏剧里;
然而,他们都想演《哈姆雷特》,因为它是悲伤的,就
 像所有演员都很悲伤,站在一座打开的坟墓旁,手
 里拿着一枚小丑的头骨,然后慢吞吞地、慢吞吞地
 说着智慧的、热情的、美丽的话,以掩饰一颗破碎
 的、破碎的心。
这是一些什么,呼唤着,呼唤着他们的血液。

---

1 这里桑德堡以"墨鱼"(Inkfish)来戏称莎士比亚。

他们谈论它时是在演戏,他们知道对它讲究是一种演技,然而:他们都想演《哈姆雷特》。

手动系统

玛丽的耳朵夹着一副装置，
整天坐在那里，拔出插头，插进插头。
闪灯和闪灯——声音和声音
    呼唤耳朵把话传给
电线这一端的面孔，再要求接往
    电线那一端的面孔：
整天拔出插头，插进插头。
玛丽的耳朵夹着一副装置。

条纹 [1]

凌晨三时,银行门前的警察……孤单。
警察州,麦迪逊[2]……正午……暴民……汽车……包裹……孤单。

郊区的妇人……值夜看护一个睡着了的伤寒病人……只有时钟可以交谈……寂寞。
卖手套的妇人……百货公司减价日……许多疯狂的手忙于滑进手套又滑出……寂寞。

---

1 条纹(Stripes),这里指美国星条旗上一道道不相交的条纹,桑德堡在此借来暗喻举目所见的各种孤单寂寞的境况。
2 麦迪逊(Madison),美国威斯康星州首府。

赌双骰的人

有人赢钱就有人输钱。
这是迦勒底人很久以前就知道的事。
还有的是：有人输钱就有人赢钱。
这也是迦勒底人的智慧。

他们认为天堂的来世是一场永恒的垃圾游戏，他们多年来都在试他们的手气，而没有警车到来；这游戏永恒继续。
骰子上的点数，是此间天堂之歌的音符。
上帝就是运气；运气就是上帝：我们都是高手[1]掷下的骨头：有些两点，有些双六。

---

1 高手（High Thrower），指能掷到高点数的掷骰好手。

迷思是五点[1]，四点[2]，十点[3]。

希望会随这些话高涨：嘿，七点——嘿，来个七点

这也是迦勒底人的智慧。

---

1 原文是"Phoebe"，美国俚语，指掷双骰赌博游戏中的五点。
2 原文是"Little Joe"，美国俚语，指掷双骰赌博游戏中的四点。
3 原文是"Big Dick"，美国俚语，指掷双骰赌博游戏中的十点。

红发的餐厅收银员

把头发往后甩,哦,红发女郎。

放声大笑吧,保留你下巴上两颗骄傲的雀斑。

某处有一个男人在找寻一个红发女郎,也许有一天,他将为找寻一个餐厅收银员而凝视你的眼睛,并找到一个情人,也许。

一万个男人四处追寻一个下巴长着两颗雀斑的红发女郎。

我曾见过他们追寻,追寻。

　　把头发往后甩;放声大笑吧。

共谋

整张桌子都这样玩下去。
要是我们盲目地窃取这城市将会怎么样?
如果他们想要什么,就让他们搞定吧。

利用警察,侦探,前台人员
和高高坐在审判席上的高官,
他们不都是同谋吗?
不是全体的一半都是这样吗,
强盗,扒手,商店窃贼,持枪劫匪和罪犯——
  还有什么是障碍呢?

  和他们对分吧。
如果他们钉住你,就找来一个律师吧。
搞定它,你这抬价的骗子,你这没脑的政客,搞定它。
  喂养他们……

从来没有什么黏附在我的手指上,没有,没有

  没有那样的东西,

但也没有法律要我们戴手套

  ——嗯,对吗?

手套,这个不错——手套!

法律应规定每个人都要戴手套。

在家的刽子手

刽子手晚上下班

回家时，会怎么想？

当他和妻儿坐下来

享用咖啡和

火腿蛋时，他们会问

他这天的工作好吗？

一切都顺利吗？还是避开

一些话题，只谈论

天气、棒球、政治

以及报纸上的漫画

和电影？当他伸手去拿咖啡

或火腿蛋时，他们会看

他的手吗？如果孩子们

说，爸爸，玩骑马游戏，这里有一根

绳子——他的回答是否像个笑话：

我今天已看够绳子了？

抑或他的脸会发光

如喜悦的篝火,而他说:

我们生活在一个美好的

世界。如果一个白脸的月亮

望进窗内,那里有一个女婴

睡着了,月亮的光芒溶进

婴儿的耳朵和头发——那刽子手——

会如何反应呢?对他来说一定很

容易。任何事对一个刽子手来说都很容易,

我想。

人，人的猎人

我看见人，人的猎人，

一手擎着火把，

一手拿着煤油罐狩猎，

用枪、绳子和镣铐狩猎。

我倾听着，

高喊声响起，

人，人的猎人的高喊声：

我们会抓住你的，你这混蛋！

后来我又倾听。

高喊声响起：

杀死他！杀死他！这混蛋！

早上，太阳看见

两把什么的枪托，一团冒着烟的残余物，

以及一块焦木上的警告：

好了，我们抓到他了，
这混蛋。

沉默的围裙

今天我可能说了很多话。
我闭上了嘴。
很多次我都被要求
去说每个人都说的
同样的话,不停地说
是,是,是,是,
　我也是,我也是。

沉默的围裙盖着我。
电线和闸门封住我的舌头。
我把钉子吐进深渊,聆听着。
我隔绝了琼斯、约翰逊、史密斯的山墙,
所有这些名字都在城市的人名地址簿里。

我安装了一个软壁囚室,拖着它走来走去。
我把自己锁在里面,没有人知道。

只有看门人和被关在拘留所里的人

知道——在街上，在邮局里，

在汽车上，在火车站里，

那里有人呼叫："请大家上车，

请大家上车……叽里……咕噜，

叽里咕噜……全都是向西北方向开出的……请大家

 上车。"

在这里，我带着自己的囚室，

顺着自己的心意做事。

你看到了吗？这必定是沉默的围裙。

死神掐着骄傲的人

死神比所有政府都强大，因为政府是人，人死了，然后死神笑了：现在你看到他们，现在你看不到了。

死神比所有骄傲的人都强大，所以死神掐着骄傲的人的鼻子，并掷下一对骰子说：阅读它们，然后哭泣。

死神每天都发送一份无线电报：当我想要你，便会来访——然后有一天，他拿着一把万能钥匙，让自己走进来，说："我们现在就走。"

死神是一位大胳膊的保姆：它一点也不会伤害你；现在该轮到你了；只需要一次长眠，孩子；你还有什么比睡眠更好的呢？

"老派的报答式爱情"

我已经彻底翻阅了百科全书,
我的手指在主题和标题间滑过,
希望找到你。

而答案来得很慢。
看来没有答案。

我会向下一个香蕉小贩问一下,是谁,以及为什么。

或者——在夏日的阳光中用铁钳抓着一块清澈巨冰的
　送冰人——也许他会知道。

奥萨沃托米

我不知道他是怎么来的,
蹒跚的,黝黑的,强壮的。

他站在城里告诉人们:
我的人民是愚人,我的人民是年轻而强壮的,我的人
　民必须学习,我的人民是可怕的工人和战士。
他总是不停地问:那些血是从哪里来的?

　他们说:你是为那愚人杀手而来,
　　　　　　你是为那精神病院
　　　　　　以及绞刑而来。

　他们把他关进监狱。
　他们嘲笑他,向他吐口水,
　他毁坏了他们的监狱,
　唱着:"你们该死的监狱",

  而当他在监狱里

  与黑暗中的疯子相处是最糟糕的，

  那么他出狱了，就是最最

  蹒跚的，黝黑的，强壮的。

总是问：那些血是从哪里来的？

  他们对他下手了，

  愚人杀手们笑了，

  绞刑是要进行的，以上帝之名。

他们对他下手了，他是死定了。

  他们把他锤成碎片，而他站了起来。

他们埋葬了他，而他从墓里走出，以上帝之名，

  又再问：那些血是从哪里来的？

律师知道得太多了

律师们,鲍勃,知道得太多了。
他们是老约翰·马歇尔[1]书中的密友。
他们全知道,一只死手写下的是什么,
一只僵硬的死手,它的关节都碎裂了,
指骨变成了薄薄的白灰。
 律师们对一个死人的想法
 知道得太清楚了。

在讨价还价的律师们脚后跟,鲍勃,
有太多滑溜溜的如果、但是、然而,
太多以上、假如、鉴于,
太多门口进去和出来。

---

1 即约翰·马歇尔(John Marshall, 1755—1835),美国政治家、法律家,曾任美国众议院议员、国务卿和首席大法官。

当律师们通过了,

还有什么留下来呢,鲍勃?

一只老鼠能啃它

并找到足够多的东西让牙齿咬住吗?

为什么当一个律师捞取好处时,

总有一个秘密在歌唱?

为什么灵车的马窃笑着

把一个律师拖走?

泥水匠的作品选择了蓝色。

石匠的技巧比月亮长久。

粉刷工的双手将房间结合在一起。

农民的土地希望他再度回来。

  唱歌的人和戏剧的梦想家

  建造了一座不会被风吹翻的房子。

律师们——告诉我为什么灵车的马窃笑着,拖曳着律

 师的骨殖。

三

小时候，当我得知三个血红的词，
一千个法国人死在街头，
为了自由、平等、博爱——我问
人为什么会为字词而死。

我长大了；那些留着胡子、鬓角，
以及有紫丁花香气的男人告诉我，至高金词是：
母亲、家和天堂——其他有面饰的、
更年长的人说：上帝、责任、不朽
——他们从肺腑深处缓缓唱出这三个词。

岁月在厄运和天谴、困境和疯狂的大钟上
勾勒了它们的说法：流星们闪过了
它们的说法；而伟大的俄罗斯也出了三个
深沉的、工人们拿枪誓死捍卫的
音节：面包、和平、土地。

我遇到一个美国水兵，一个海军陆战队队员，他的膝盖上坐着一个女孩，好让他记起那些遍布全球的港口，他说：告诉我如何说出三种东西，让我可以永远混下去——给我一盘火腿蛋——多少钱——以及——你爱我吗，孩子？

美国远征军 [1]

墙上会有一把生锈的枪,亲爱的,
沾有锈片的枪槽弯曲了。
蜘蛛会在它最黑暗、最温暖的角落
  织成银丝巢。
扳机和测距仪,它们也会生锈。
没有手会擦亮这把枪,它会挂在墙上。
食指和拇指偶然会指着它。
它会在半遗忘的、希望被遗忘的事物中被谈论。
他们会告诉蜘蛛:继续吧,你做得很好。

---

[1] 美国远征军(The American Expeditionary Forces)是第一次世界大战时美国派往欧洲作战的部队。

浮雕

五只鹅神秘地展开阵形。
带着旗杆,骄傲地前进,
那些有银色喇叭的灵车,
那一筐一筐的梅花
为十只神秘的蹼足而落下——
每只都是他自己的鼓手长,
每只都被赋予
古代鹅国的荣誉,
每只的鼻子长度
都超过敌国的鼻子长度。
严肃地,缓慢地,无可挑剔地,
五只鹅神秘地展开阵形。

而这就是一切吗？

而这就是一切吗？
而大门永远不会再开了？
而尘和风将戏玩那些生锈的门铰链和十月的悲歌，为
　什么啊，为什么啊？

而你将面朝群山，
而群山将面朝你，
而你会希望自己是一座山，
而这座山却什么也不愿？
　　这就是一切吗？
大门永远，永远不会再开了？

只有尘和风，
以及生锈的门铰链和悲叹的十月，
以及为什么啊，为什么啊，在悲叹的枯叶中，
　　这就是一切吗？

空气中什么也没有,除了歌,
却没有歌手,没有嘴巴知道这些歌?
你告诉我们有一个伤心的女人告诉你是这样的吗?

  这就是一切吗?

海水冲刷

海水冲刷永无休止。

海水重复，重复冲刷。

只有老歌？这就是大海所知道的？

  只有这些古老而雄壮的歌吗？

  就这些吗？

海水重复，重复冲刷。

海尔格 [1]

这个孩子口中的愿望

就像雪落在湿地的小红莓上；

落叶松为她留下了一些什么；

风已准备好，为她的小鞋添助力。

北方爱过她；她会成为

一个祖母，在严寒的早晨

喂鹅；到时候，她会越来越明白

落在小红莓上的早雪。

---

1 即海尔格·桑德堡（Helga Sandburg, 1918—2014），桑德堡最小的女儿。

婴儿脚趾

有一颗蓝色的星星,珍妮特[1],

离我们十五年航程,

如果我们每小时航行一百英里。

有一颗白色的星星,珍妮特,

离我们四十年航程,

如果我们每小时航行一百英里。

我们将航向

蓝星

还是白星?

---

1 即珍妮特·桑德堡(Janet Sandburg, 1916—2001),桑德堡的次女。

贪睡者

睡眠是造物主的造物主。鸟儿睡觉。脚紧抓栖枝。看看那平衡。让腿松懈,脊椎解开,脑袋沉重起来,整个运作让一只倦极的鸟儿从栖枝上摔下来。

狐狸幼崽睡觉。尖尖的脑袋蜷向后腿和尾巴。这是一球红色的毛发。这是一个在等待中的皮手笼。风或会把它吹向空中,越过牧场和河流,一粒茧,一荚种子。那黑鼻子在一圈红色的毛发中打盹。

老人睡觉。在烟囱的角落里,在摇椅,在木炉,在蒸汽散热器上。他们说话,忘记,点头,闭着眼睛沉默下来。忘了活着。知道时间对他们的生活是无用的。梦中老狗奔跑,老鹰飞翔。

婴儿睡觉。法兰绒里是印第安婴儿脸,婴儿鼻,以及渡渡鸟,渡渡,是许多牧师太太的歌曲。婴儿——

春日树上的一片叶。新事物的核心，吸吮着一棵在阳光中的树木的汁液，是的，一个新事物，一个"什么来的？"左手微动，眼睑轻颤，肚里的奶冒着泡，变成血、左手和眼睑。睡眠是造物主的造物主。

宝拉

这首歌里没有别的了——唯独你的脸。
这里没有别的了——唯独你微醺的、夜灰色的眼睛。

码头如枪管往湖里直奔。
我伫立在码头,高唱我是如何认识你的清晨。
我记得的不是你的眼睛,你的脸。
不是你的舞蹈,那赛马般的步伐。
而是其他什么,让我记住你,在这码头的清晨。

当你触摸我,你的手比栗色面包更可爱。
当你的肩擦着我的臂,那是吹过码头的西南风。
我浑忘了你的手和肩,我再说一遍:

这首歌里没有别的了——唯独你的脸。
这里没有别的了——唯独你微醺的、夜灰色的眼睛。

法洛克威[1]之夜,直至早晨

对于这夜,我们能说些什么呢?
雾夜,月夜,
  昨晚那雾月夜?

从海里卷上来的,有一首歌。
从海里卷上来的,
 有撕裂的白色柱塞。
来到海岸的,有鼓动的风
驱使浪花溅起飞沫,
在泡沫和卷浪的隆隆声中,
是午夜对早晨的呼喊:
  嗨—啊—咯。
  嗨—啊—咯。
  嗨—啊—咯。

---

1 法洛克威(Far Rockaway),美国纽约市皇后区的一个小镇。

谁比我更喜欢这个夜晚？

谁比我更喜欢

  昨晚的雾月夜？

从海里来的那首歌

  ——我能忘记吗？

从海里来的那些柱塞

  ——我能记得别些什么吗？

从午夜来的早晨呼喊：嗨—啊—咯：

  ——此刻我怎能另找别的歌？

西班牙人

以黑眼睛盯紧我。
桃树下,我什么也不求你,
　以风暴之矛,
让你的黑眼睛钉牢我的阴郁。
桃花下的空气,是一片粉红色的薄雾。

既成事实

每年,艾米莉·狄金森都把她花园里
第一颗杨梅花蕾送给一位朋友。

在最后一份遗嘱中,安德鲁·杰克逊
想起了一位手上有乔治·华盛顿的
袖珍间谍望远镜礼物的朋友。

拿破仑也一样,在最后一份遗嘱中,也提到
从腓特烈大帝[1]的卧室里拿走的一块银表,
并把这份战利品交给了一位特别的朋友。

欧·亨利从他的外套翻领上拿起一枝血色康乃馨,
交给一个刚在豆类市场开始工作的乡下女孩,并潦草

---

[1] 腓特烈大帝(Frederick the Great, 1712—1786),普鲁士国王、军事家、作家及作曲家。

地写着:"桃花在城市的尘埃中,或会或不会保持粉红色。"

事情就是这样。有些东西我们会相信,有些不。
托马斯·杰弗逊为他的小萝卜自豪,亚伯拉罕·林肯
　把自己的靴子涂黑,
俾斯麦把柏林称为砖头和报纸的荒野。

事情就是这样。有许多既成事实。
搭乘吧,搭乘那些伟大的新飞船——
横渡闻所未闻的海洋,环绕地球一周。
当你回来,我们可能坐在五棵蜀葵旁。
我们或会听见男孩们为弹珠而打架。
那蚱蜢,在我们看来还会很好的。

事情就是这样……

格里格死了

格里格[1]死了,我们可以谈谈他和他的艺术。

格里格死了,我们可以谈谈他是好是坏。

格里格和易卜生、比昂松、莱夫·埃里克松[2]等人在一起,

格里格死了,毫不在乎我们说些什么。

  早晨,春天,安妮特拉之舞[3],

   他在新星的门口梦见了他们。

---

1 即爱德华·哈盖鲁普·格里格(Edvard Hagerup Grieg, 1843—1907),挪威作曲家,浪漫主义时期的重要作曲家之一。
2 莱夫·埃里克松(Lief Ericson),著名的北欧维京探险家,被认为是第一个发现北美洲的欧洲探险家。
3 格里格应邀为易卜生的诗剧《培尔·金特》写配乐,于1874年至1875年间完成,《安妮特拉之舞》(*Anitra's Dance*)为诗剧第四幕第六场之配乐。

三一安宁

亚历山大·汉密尔顿的坟墓,在华尔街尽头的三一教堂院子里。

罗伯特·富尔顿[1]的坟墓,也在华尔街停下来的三一教堂院子里。

在这个院子里,速记员、搬运小工、女清洁工都坐在墓碑上,走在墓草上,谈论着战争、天气、婴儿、工资和爱情。

一道铁栅栏……以及在百老汇的人行道上数以千计流动着的人……草帽,脸,腿……一起唱着歌,说着话,奔腾着的河……沿着这条以海为终点的大街。

---

1 罗伯特·富尔顿(Robert Fulton, 1765—1815),美国著名工程师和发明家。

……亚历山大·汉密尔顿睡得很从容。

……罗伯特·富尔顿睡得很从容。

……伟大的政府和伟大的轮船都很从容。

杰克·伦敦与欧·亨利

两人都坐过牢;根本不是演说家;一脚踏在黄铜栏杆时说得最好;左手拿着啤酒杯,右手则忙于做手势。

两人都是被掐灭的灯火……没有警告……没有拖延:

谁懂得这些酒鬼的内心?

两个陌生人的早餐

法律规定你和我是属于对方的,乔治。
法律规定你是我的,我是你的,乔治。
在你坐的椅子和我坐的椅子之间,
有一百万英里的白色暴风雪,一百万座地狱的熔炉。
法律规定,两个陌生人在北极月钩下度过数晚后,应
　　该一起吃早餐。

一块电招牌暗了下去

波兰、法国、犹地亚在她的血管内奔流,
为了生计对巴黎歌唱,在瓶塞爆开的嘶嘶声中对哥谭[1]
  歌唱。

"你不来跟我一起玩吗?"她唱着……还有"我只是不
  能让我的眼睛守规矩"。《乱七八糟》《爸爸的妻子》
《跟我来》都是演出的剧目。

她曾在一桶牛奶里洗脚吗?她的行李箱私运过一串珍
  珠吗?报纸问。
香烟、郁金香、使用溜蹄步法的马,都取用了她的名字。

---

1 哥谭(Gotham),纽约市的别名,首见于 1807 年,为短篇小
  说家华盛顿·欧文(Washington Irving, 1783—1859)用于他
  所创办的期刊上。《蝙蝠侠》于 1940 年起虚构的哥谭市,则
  是另一故事。

二十岁……三十……四十……

四十五,而医生们什么都不知道,医生们争吵着,医生们用银管把二十四夸脱的血注入血管里,这是对一名职业拳击手、一名出租车司机的敬意。

还有一张小嘴在悲叹:在法国,当他们死过那么多重大的死亡时,死是很容易的。

一个声音,一副身段,消失了。

来自华沙的婴孩……腿,躯干,头……在萨伏伊[1]一家酒店的床上。

白凿子似的肉体,为满座观众,把自身扔在翻腾动作里:

一丝记忆,一座舞台和脚灯都熄灭了,百老汇黑暗中的一块电招牌。

她属于某个人,不属于任何人。

没有一个人拥有过她,没有十个,也没有一千。

她属于成千上万的人,那些热爱白凿子似的臂膊、象

---

[1] 萨伏伊(Savoy),法国东南部和意大利西北部的历史地区。

牙似的笑容、鸣钟似的歌声的人。

乘火车横越内布拉斯加州大草原的铁路机务员,在西北部松林中闲逛的伐木工人,中西部的牧场主,南方城市的市长
如今对他们的朋友和妻子说:我从报纸上看到,安娜·海尔德[1]离世了。

---

[1] 安娜·海尔德(Anna Held, 1872—1918),生于波兰华沙的法国歌手,后于纽约百老汇舞台成名。

他们购买时着眼于外表

你爱人的上好布匹可能是埃及的一块布料,
是水手辛巴达[1]从强盗手中夺来的东西,
是一个有钱的旅客或会拿起来
并带回家挂在墙上的东西,他还会说:
"我在开罗的时候,有一件小东西
深深吸引了我——我想我总有一天要再看一次开罗。"
因此,这里有檐口制造商,口香糖大王,
垄断鸡蛋或奶酪的年轻拿破仑们,
寻找更多世界去垄断的杰出人士,
还有其他杰出人士,从钢、铜、高锰钢身上
捞满油水,大赚一笔,
他们且对偶然相交的朋友说:
"你看过我的妻子吗?她来了。

---

1 辛巴达(Sinbad),《天方夜谭》中的人物。

我没有让她打扮得漂漂亮亮的去集市吗?"

噢唷!你爱人的上好布匹可能是埃及的一块布料。

微光

把你的发辫放下来,女士。
交叉双腿,坐在镜子前,
凝视你眼底下的字行。
生活写作;男人起舞,
　　你也知道男人如何付钱给女人。

白灰

密歇根大道上有一个妇人,养着一只鹦鹉、一尾金鱼和两只白老鼠。

往日,她常有一屋子穿和服的女孩,前门装有三个按钮。

如今,她独自一人带着一只鹦鹉、一尾金鱼和两只白老鼠……但她还有一些想法:

一个休假士兵,或一个上岸休假的水手的爱,与红色、橘黄色的篝火一起燃烧。

一个与妻隔别千里的移民工人的爱,燃烧时升起一缕蓝烟。

一个年轻人,他的心上人为了钱嫁给一个老头,他的爱,燃烧时噼啪噼啪地吐着摇晃不定的火焰。

有一种爱……千中见一……烧得一干二净，只留下一片白灰。

这个想法，她从未向鹦鹉、金鱼和两只白老鼠解释。

轻歌舞剧的舞者

埃尔西·弗莱默温,现在你在歌舞团找到一份工作,有一套爵士乐服装。

当你跟着《马厩蓝调》的音乐,摇臀摆臂地跳完了快速的西迷舞[1],整个剧院都疯狂了。

很久以前,埃尔西·弗莱默温,我看到你的母亲在一个葡萄藤架下洗衣,你的父亲因脊髓痨而要拖着脚走。

这是很久以前的事了,埃尔西,现在他们用电广告牌,显示你的名字。

那时你是个穿着格子布的小东西,你的母亲擦了擦你的鼻子,说:你这个小傻瓜,不要走到街上去。

---

[1] 西迷舞(Shimmy),美国流行的一种爵士舞。

现在你终于长成一个大女孩，一街的人都读到你的名字，还有一行在售票处前排成字母 S 的人龙，希望看到你的摇摆。

二月的波托马克镇[1]

桥上写着：过来，试试我；看看我有多棒。

河里的巨石上写着：看看我；学习怎样站起来。

白水说：我继续向前；绕着走，在下面，在上面，我继续向前。

一棵跪着的、稀疏的松树说：我还在这里；他们去年差点把我弄到手了。

一片银色的月光在疾风中滑过，呼叫着：我知道为什么；明天见；明天我会把一切告诉你。

---

1 波托马克镇（Potomac Town），位于美国马里兰州。

野牛黄昏

野牛不见了。

看见野牛的人也不见了。

那些看见数以千计的野牛的人，看见它们如何用蹄子
  把大草原上的草皮踏成尘土，它们垂下的大头颅也
  在刨着地，在一个黄昏的盛会中，

那些看见野牛的人不见了。

野牛也不见了。

全新农用拖拉机

狮子鼻,二十头骡子的内脏在你的气缸和变速器里。

后车轴支撑住二十头密苏里州公驴的踢蹬。

它在专利局的记录里,那里的广告说它有二十匹马的拉力。

农家男孩向你问好,而不是二十头骡子——他对你唱歌,而不是十轭的骡子。

一桶汽油和一罐润滑油是你的干草和燕麦。

防雨和防傻瓜,他们让你在田野任何地方都能安顿下来,以星星做屋顶。

我在方向盘上刻了一群长耳骡子——现在,要向皮缰绳和老赶骡人的歌声说再见了。

丹[1]

五月初,阴雨过后,阳光阻隔着寒风。
爱尔兰赛特犬发现地窖门旁一个角落,
  阳光普照而无风,
它伏靠在那里,交叉着前爪,把头
侧卧在这个枕头上,半睡半醒,
棕色的榛子、桃花心木、紫檀木,
  在它的爪子和头颅间
  互相碰撞。

---

1 丹(Dan),一只爱尔兰赛特犬的名字。

摩天大楼爱上夜

一座摩天大楼的灯光,一盏接一盏,把它们一格一格
　交错的作品,投向夜的天鹅绒长袍。
我相信摩天大楼如爱上一个女子般爱上夜,并带来她
　想要的玩物,带给她一件天鹅绒长袍,而且爱上她
　藏在黑暗感觉下的肩膀的白色。

钢铁的建筑结构在夜里寻找它所爱的人,
他有点眩晕,差点跳起舞来……等待着……黑暗……

我的人民

我的人民是灰色的,
　鸽子灰,黎明灰,风暴灰。
我认为他们很漂亮,
　我想知道他们的去向。

伤感

愿望,在你的唇上留下了
它们翅膀的印记。
遗憾,在你眼里放风筝。

选自《日灼西方的石板》

(1922)

风城

1
车夫们伸出瘦瘠的手
在这里指画,
选择这条交叉路,记在地图上,
摆好他们的锯木架,修好他们的猎枪,
为小马快车找到一处栓系的地方,
给铁马制造一处停靠的地方,
那匹独眼的马带着喷火的头,
找到一处像家的所在,说:"建一个家吧。"
目睹这个角落,有铁路网,穿梭的
　　人群,分流的汽车,把地球上的废弃物
　　塑造成一座全新的城市。

人们的手握着,拉着,
人们的气息进入了废弃物,
废弃物站成了摩天大楼,然后问:

我是谁？我是一座城市吗？如果是，我叫什么名字？
有一次，当时间的哨子一再吹响，
人们回答：很久以前，我们给了你一个名字，
很久以前，我们笑着说：你？你的名字叫芝加哥。

早些时候，红种人为一条河命名，
  臭鼬之地，
  野洋葱味之河，
  Shee-caw-go[1]。

从蒸汽铲的发薪日歌曲中，
从构架铁钉的工资中，
朝气勃勃灯火通明的摩天大楼正说出它的名字，
跨越一大片海蓝色水域和灰蓝色土地：
我是芝加哥，我是由干活的人们、笑着的人们、
  一个孩子、一名家属的生命气息所赋予的名字。

---

1 印第安人对"芝加哥"的发音，意思是"臭鼬之地"。

于是，在五大湖、

大迪尔图[1]和大草原之间，

朝气勃勃灯火通明的摩天大楼矗立着，

用黄色的格子，烟雾和银色的彩带

 以及夜灰色警卫们的平行四边形，

 点缀着幽蓝的傍晚，轻唱着

如怨如诉的歌：我是一个孩子，一名家属。

2

一座风城的风歌该如何唱？

在强风中歌唱，龌龊的饶舌

 就被风刮走了——干净的铁锹，

     干净的鹤嘴锄，

     还在。

一个孩子可以轻松地吃完早餐，然后背上

 一对溜冰鞋、午餐吃的面包

---

[1] 大迪尔图（Grand Detour），位于美国伊利诺伊州。

和一本地理册上学去。

他乘车穿过往后退的河流

下面的隧道,上学,听课……波塔瓦托米族[1]……

以及黑鹰们[2]……如何穿上莫卡辛鞋……

在卡斯卡斯基亚、皮奥里亚、坎卡基[3]和芝加哥之间

奔跑。

你可以轻松地坐着聆听一个男孩喃喃诉说

伊利诺伊州波塔瓦托米族的莫卡辛鞋,

如今的屋顶和烟囱,是如何覆盖千里,

那里曾有鹿蹄留下的文字,

狐爪在雪地上留下的签名

给早期的莫卡辛鞋……去阅读。

---

1 波塔瓦托米族(Pottawatomie),是美洲大陆大平原上的原住民族,散布于密西西比河上游及五大湖以西一带。
2 黑鹰(Black Hawk, 1767—1838),美国原住民索克(Sauk)与福克斯(Fox)部族的领袖。
3 卡斯卡斯基亚(Kaskaskia)、皮奥里亚(Peoria)和坎卡基(Kankakee),均在美国伊利诺伊州。

一个体面的纳税人可以轻松地坐在
　　街车里，阅读报章、窃贼面孔、
　　越狱、绝食、生活指数、
　　垂死代价、罢工者和破坏罢工者
　　在工厂门口的混战，以及罢工者杀害
　　破坏罢工者，警察杀害罢工者——最强者，
　　最强者，永远是最强者。

你可以轻松地聆听男装店的顾客
　　交换着闲聊——很容易活着
　　死去——登记活生生的指纹，
　　并从脖子以上死去。
人行道被殡仪馆尸体的脚步声
　　磨得光滑，满是油光的人体模型
　　穿上最新款的袜子，脚跟跨过门槛，
　　把脸推挤到他们身前——从脖子以上
　　死去——为他们的袜子自豪——他们的袜子是
　　最后的话——从脖子以上死去——这很容易。

3

把自己绑在一座桥头堡上
倾听，当黑色的人潮奔逝，

  行李，包袱，气球，
  倾听，当他们唱出爵士乐经典：

  "你什么时候开始变得自恋，
  你以为自己是谁？
  照着办吧，给钱，放松点。
  你哪来这么多唠叨？"

  "痛打那些少找钱的骗子，
  他们从没有为你做过什么，
  你是如何上当的？
  告诉我，我就告诉全世界。
  我会这么说的，我会说实话。"

  "你在试图扫我的兴。

你这可怜的鱼[1],你这鲭鱼,
你不明白上帝
为什么给一只牡蛎——下雨了——
你想要的是一把伞。"

"嘘,宝贝儿——
我什么都不知道。
我什么都不知道。
嘘,宝贝儿。"

"嘘,宝贝儿,
关键不是你多大,
而是你看来多大,
不是你有什么,
而是你能得到什么。"

"要得到成功。

---

1 原文为"poor fish",也是蠢货、傻瓜的意思。

搞定它,全部干掉。
  拿走他们的财物。
我们想要的是结果,结——果,
  该死的结果。
  嘘……嘘……
如果你找对了工匠,
就能修好一切。"

"互相欺骗吧,你们这些吝啬鬼。
告诉对方,你们都喜欢趋炎附势——
你们都是不义之财。"

  "告诉他们,蜜糖儿。
这不是事实吗,甜心?
  小心你的脚步。
  你说的。
  你说得对极了。
我们都是那许多该死的吹牛者。"

"嘘,宝贝儿!

干掉它,

干掉一切!

咕咕,咕咕"——

这是一首芝加哥的歌。

4

很容易作为一个陌生人来到这里,并展示所有作品,写一本书,把它整理好——很容易作为一头糊涂的猪、一个流浪汉和一个夸夸其谈的人,来而复去。

加油啊,记住这座城市从深处钓出的一句话:"像冰上的猪一样不受控制。"

威尼斯是水悠悠的梦,维也纳和巴格达是黑暗长矛和狂野头巾的追忆;巴黎是一种莫奈灰的思想,呈现于刀鞘、织物和门面上;伦敦是迷雾中的真相,充斥着横渡大西洋的汽笛呜咽声;柏林坐在刷白的四边形、撕裂的运算和验证中;莫斯科挥舞着一面旗帜，重复着一个像熊一样走路的男人的舞蹈形象。

芝加哥从深处钓出一句话：像冰上的猪一样不受控制。

5

原谅我们，如果单调的房屋随着

单调的街道在大草原上延绵千里——

如果房屋的面孔在街上咕哝着

难听的话——街上的声音只会说：

"尘埃和一股刺骨的寒风将会到来。"

原谅我们，如果木制门廊和台阶

互相咆哮——

砖砌的烟囱在彼此脸上

近距离咳嗽——

摇摇欲坠的楼梯像小偷一样

彼此盯视——

而毗邻一家可锻铸铁工厂的前院丁香

很久以前

就在一片仿如短暂耳语的紫色中

憔悴不堪了。

如果巷子里的垃圾箱

告诉垃圾车司机,

孩子们玩耍的巷子是天堂,

天堂的街道闪耀着

无比耀眼的金石,

而天堂里没有警察——

让低下阶层按他们的方式生活。

如果窗台锡罐里的

那些天竺葵

问的问题不值得回答——

如果一个男孩和一个女孩

用过滤烟雾的筛子来追捕太阳——

不要管它——让答案是——

"尘埃和一股刺骨的寒风将会到来。"

原谅我们,如果这些愚众身影的

爵士乐时间拍子,

在萨克斯管的低音中悲叹,
而森林的脚步声,
毒牙的哭号,撕爪的嘶嘶声,
偷偷摸摸的和静止的手表,
等候着的斜视的眼睛——
如果这些打扰了

 把餐巾折得正确,

 读着早餐牌的体面的人——

 原谅我们——不要管它——由它吧。

如果瘸子坐在他们的残肢上,
跟报童们开玩笑地大声呼叫:
"许多人丧生!许多人丧生!
恐—怖—的—意—外!许多人丧生!"——
如果再有十二个男人放走一个女人,
"他伤害了我;我开枪杀了他"——
或者一个孩子头上的血
溅到一辆货车的轮轴上——
或者一把 .44 手枪砰砰作响,并让天光进入又一个银行信差体内——
或者如果男孩们在铁路调车场偷煤,
然后背着隆起的大麻袋奔逃,
当一个警察射杀其中一个孩子,
那孩子扭动着,一只耳朵埋在煤渣里,
一个母亲来到,把包袱,
软垮下来的包袱带回家,
最后一次,清洗他的脸,
原谅我们,如果这事情发生了——又再发生——
又再发生。

 原谅愚众身影的

 爵士乐时间拍子,

 森林的脚步声,

 毒牙的哭号,撕爪的嘶嘶声,

 等候着的斜视的眼睛。

原谅我们,如果我们那么卖力工作,
肌肉笨拙地凸起,

我们永远也不知道为什么我们那么卖力——
如果大房子里的小家庭
和小房子里的大家庭
互相讥笑对方误解的门闩；
可怜我们，当我们互相束缚，互相残杀，
开始时还相信我们明白了，
到后来才说，我们想知道为什么。

把高峰时间站在高处的铁路警卫
单调的顺口溜带回家：
"小心你的脚步。小心你的脚步。小心你的脚步。"
或在口袋本子上写下一个乞丐
对一堵粉刷过的墙上的一片紫菀说：
"让每个人都成为自己的耶稣——这就够了。"

6
手推车咧着嘴笑，铁锹和砂浆升起一项功绩。

蒙纳德诺克大厦[1]、交通大厦[2]、人民天然气大厦[3],矗立,刮擦着天空。

手推车在歌唱,斜角规和蓝图在耳语。

以约翰·克里勒命名的图书馆大楼[4],裸露如畜牧场的简仓,轻如一根鹰羽,简约如飞机的螺旋桨,正走上一条小路。

两枚很酷的新铆钉说:"或许是早上了,"

"天晓得。"

把城建起来;把城拆毁;

再建;让我们找寻一座城。

让我们记住那紫眼睛的、

---

1 蒙纳德诺克大厦(Monadnock Building),芝加哥一座十七层高大楼,1891年兴建。

2 交通大厦(The Transportation),芝加哥一座二十二层高办公大楼,1911年兴建。

3 人民天然气大厦(People's Gas Building),芝加哥一座二十一层高大楼,1910年兴建。

4 约翰·克里勒图书馆(John Crerar Library),1894年建成,以克里勒(John Crerar, 1827—1889)之名成立,并送给芝加哥市民,成为芝加哥公共图书馆的一环,现由芝加哥大学管理。

奉献所有的小个子男人，祷告说："挖掘，
梦想，梦想，敲打，直到
你们的城到来。"

每一天，人们睡觉，城市死亡；
每一天，人们重新思考，醒觉，
重建城市。

城市是一个每天都打开的工具箱，
一座每个早上都敲响的钟，
一扇工厂大门，燃料库和工装服
每天都在点算。

城市是一个气球和泡泡玩意，
每日傍晚放上天空，并以雷格泰姆音乐
和捷格舞[1]向着落日呼啸。

---

1 捷格舞（Jig），英国及爱尔兰一种充满活力的传统舞蹈。

城市被建立，被遗忘，然后又被建立，
　卡车把它拖走，又拖回来，
　驾驶卡车的司机，向着落日
　吹着雷格泰姆的调子。

每天，人们起床，负载着城市，
　负载着城市的燃料库和气球，
　把它升起来，又放下。

　"我会死很多次，
　　就像你们让我重来一样，
　　城市对人们说，
我是女人、家、家人，
我吃早餐，支付房租；
我致电医生、送牛奶的人、殡仪馆；
　我为你们的第一次和最后一次乘车
　修整道路——
跟我坦白吧，坦白，或藏污纳垢，
我是你们沉睡的数字中的石和钢；

我记得你们忘掉的一切。

我会死很多次,

就像你们让我重来一样。"

在地基下,

在屋顶上,

斜角规和蓝图讨论着它。

湖岸的风在伫候和飘荡。

起伏的岸风隆起了沙堆。

晨星一闪一闪的逐一点算城市

而忘了数字。

7

白色的钟楼

在紫红的夜色中

照临林荫大道的连接桥,

只有盲人毫不知情地经过。

路过的人、工厂的打卡钟号码、

出外呼吸新鲜空气的酒店女郎、工会会员、

　　运煤工人、出租车司机、洗窗工、

　　裱糊匠、商店巡视员、收账员、

　　防盗警铃推销员、按摩学徒、

　　修甲女郎、手足病医生、擦浴缸工人、

　　走私酒贩、帽子清洁工、袖孔疏缝工、

　　熟食店员、拿铁锹的流动工人、多技能工人——

他们都从桥上经过，他们都仰望着

　　白色的钟楼

　　在紫红的夜色中

　　照临林荫大道的连接桥——

　　偶然有人会说："我们实在要称赞他们。"

提起让人骄傲的事情，把它们登记分类。

折叠桥打开，矿石船、

　　小麦驳船穿过。

三列横越大陆的火车同时抵达，

一列来自孟菲斯[1]和棉花带,

一列来自奥马哈和玉米带,

一列来自杜鲁斯[2],伐木场和铁矿场。

提起上周从怀俄明州山谷出发的一车短角牛,昨天到达,今天被砸头、剥皮、分割、悬挂在冰柜里;提起这单调乏味的日常闹剧,挂起来的头颅、兽皮、脚跟、蹄子的韵律。

8

认为人民就是城市是一种智慧;

认为城市会崩塌、死亡、

　　化为风中的尘埃是一种智慧。

如果城市的人民都搬走,没有人来监视和保护这座城市。

认为这里根本没有城市,直至工作的人、笑着的人来到,是一种智慧。

认为明天可能会有工作的新人、笑着的新人来到,并

---

1 孟菲斯(Memphis),位于美国田纳西州。
2 杜鲁斯(Duluth),位于美国明尼苏达州,是苏必利尔湖畔重要港口之一。

建立一座新的城市，是一种智慧——
生气勃勃灯火通明的摩天大楼和灯号夜间的隐语作证，
　　明天将有它自己的说法。

9
夜把自己聚成一球黑暗的纱线。
夜把球松开，它便扩散。
密歇根湖畔的瞭望台
　　发现夜跟着日，然后船灯发出信号，
　　砰！砰！声音穿过薄片似的一片灰。
夜让黑暗的纱线解开，夜说着话，
　　纱线变成雾和蓝色的湖岸。

瞭望台转向城市。
峡谷里满是夕阳下的
　　红沙光芒。
微粒纷落、筛分，蓝色穿过，
　　黄色急坠。
混合的光束堆叠着它们的刺刀，

以交叉的把手祝愿。

这样,当峡谷蜂拥而至,

 瞭望台就开始

谈论一条街上的亮点……黄昏时摩天大楼的

高山语言,铁道大厦[1]、

人民天然气大厦、蒙纳德诺克大厦、交通大厦,

已到了昏暗的所在。

河绕了个半圆。

 鹅岛[2]在河弯上架起

 弯弯的桥梁。

 然后河流的全景图

 为桥梁演出,

 点点……灯光……点点……灯光,

 七零八落的点和灯,

 灯号和探照灯的隐语,

---

1 铁道大厦(Railway Exchange Building),芝加哥著名历史建筑,楼高十七层。
2 鹅岛(Goose Island),芝加哥的一座人工岛。

萦绕着灰灰黄黄的浪花。

10

一个人来做证说：

"我谛听五大湖，

我谛听大草原，

它们之间几乎不说什么，

千年以来只有一二耳语。

一个说：'有些城市很大。'

另一个说：'有些不是那么大。'

而黑疙瘩悬崖则对浅绿色的大海说：

'有时所有城市都不见了。'"

风城的风，从大草原吹来，

  从梅迪辛哈特[1]一直吹。

从内陆海蓝的水域中吹来，来到

  这里，它们为你给城市起了个绰号。

---

1 梅迪辛哈特（Medicine Hat），加拿大艾伯塔省的一个城市。

秋天的玉米风,来自黑色的土地,
　　来自玉米穗丝的低语,
　　扁矛叶的拍打声。

夏天的蓝水风,来自广润的
　　澄蓝湖面,带着你内陆的海蓝手指,
　　带来凉意,把你的蔚蓝送到我们的家。

素白的春风,来自团团的羊毛云,
　　来自汩汩融化的雪,带来的白,
　　就像雪里出生的孩子的臂膀一样。

灰暗而好战的冬风,伴随着猛烈的
　　暴风雪尾巴、饥于四处寻索的
　　风暴长鼻子而来,来与冬天的灰暗战斗。

风城的风,
玉米和海蓝的风,

春天的风白,好战的冬天灰,
来这里的家吧——它们为你给城市起了个绰号。

湖岸的风在伫候和飘荡。
起伏的岸风隆起了沙堆。
晨星一闪一闪的逐一点算城市
而忘了数字。

在坟墓的门口

文明被建立,被击倒,
就像保龄球场上的木瓶。

文明被倒进垃圾车,
被拖走,就像土豆削下的皮
或任何锅子的刮屑。

文明,所有艺术家、发明家、
工作梦想家和天才的作品,
逐一被扔到垃圾堆里。

对此沉默;因为在坟墓的门口,
沉默是一种恩赐;沉默吧;因为写在
空中的墓志铭,因为悬在空中的
临死哀歌中,沉默是一种恩赐,沉默吧;算了吧。

如果有任何傻瓜,爱唠叨的、多嘴的人站起来说:
让我们创造一个文明,在那里,凭辛劳和天赋而来的
神圣而美丽的事物,将可永存——

如果有这样吵闹的家伙站起来,说出自己的
意见——给他添麻烦吧——驱逐他——把他关在
莱文沃斯[1]——把他铐进亚特兰大拘留所
——让他在新新[2]用锡盘子吃饭——
把他视作圣昆汀[3]的无期徒刑犯般杀死他。

这就是规律;当一个文明死去,并跟随其它
所有死去的文明一起下去吃骨灰时
——规律是所有卑下的狂想者都会先死——
堵住他们的嘴巴,把他们锁起来,把他们杀死。

---

1 莱文沃斯(Leavenworth),在美国堪萨斯州,是一所历史悠久的联邦监狱。
2 新新(Sing Sing),指新新监狱,在美国纽约州。
3 圣昆汀(San Quentin),加利福尼亚州最古老的监狱。

因为在坟墓的门口,沉默是一种恩赐,
那就对此沉默吧,是的,保持沉默——算了吧。

危险职业

杂耍人保持六个酒瓶在空中。
棍棒人向上掷出六支、八支棒。
掷刀人以一发之差
　　错失对方的耳朵，只见那铁器
　　在木靶上颤抖。
空中飞人在高空中
　　来回摆荡，一个女孩
　　双脚和足踝倒挂。
他们就这样维生——直至他们失手
　　一次，两次，甚至三次。
他们就这样活在恨和爱里，就像吉卜赛人
　　为缎子似的皮肤和闪亮的眼睛而生。
在他们的坟墓里，不知那些手肘会不会
　　难得一次地推挤——并挣着抛出
　　一个吻，回应梦寐以求的掌声？

那些骨头会不会重复:这动作真棒——

　　我们的手真棒……?

道具

1

翻开这张地毯,一个风骚女子
在里面;看见她的脚趾在扭动;
翻开地毯;她是一个离家
出走的人;或者有人正想
抢走她;她在这里;
这是你的风骚女子;我们怎会
有戏呢?除非我们有
这个风骚女子。

2

孩子在暴风雨的
舞台雷声中出走;"犯错的女儿,
从此不再让这门槛变暗";
慈爱的父母说出他们的诅咒;
孩子在手帕上放了一些

小玩意;孩子走了;
门关上了,孩子走了;
她现在出走了,在舞台上的
暴风雨中,永远离开了;雪,好家伙,
雪,开动雪吧。

悲伤大使

一个女人爱上一个男人,却栽了个跟头,受了点挫折。她又再与另一个交往,但到头来又是一场空。她向上帝哭喊:整个安排都是假的,都是诡计。而当她与第三个交往时,她发觉火灭了,爱的力量,消失了。她写了一封信给上帝,投到信箱里。信上说:

上帝啊,难道你没有办法纠正它,让那些随时可以为自己所爱的男人拦阻火车的女人,在受挫之后还能有机会吗?我猜错了钥匙,我撞错了门板,我选错了道路。上帝啊,难道没有办法去估计收成,并回到我手里还拿着钥匙的地方,回到道路都走在一起,而我还有选择的地方重新开始吗?

这封信寄去了华盛顿特区,被扔到一个垃圾场里,那儿所有信都是寄给上帝的——都没有写上门牌。

选自《早安,美国》

(1922)

早安,美国(选二)

15

我们相信上帝;它是这样写的。

每一块银币上都写着。

事实是:上帝是伟大的,创造了我们所有人。

我们是你,是我,是我们在美利坚合众国的所有人。

相信上帝意味着我们把自己,所有的自己,整个美利坚合众国,都奉献给上帝,伟大的上帝。是的……也许是……是这样吗?

16

工人们的沉默在持续——

速度,速度,我们是速度的创造者。

我们制造飞转的、叫喊的马达,

离合器,制动器,轮轴,

变速器,点火装置,加速器,

辐条,弹簧和避震器。

工人们的沉默在持续——

速度,速度,我们是速度的创造者。

轮轴,离合器,操作杆,铁锹,

我们制造信号灯,铺设道路——

　　速度,速度。

树木变成了我们的用具。

我们把木头雕成想要的形状。

天空中螺旋桨呜呜的歌声,

陆路上卡车持续的嗡嗡声,

俱来自我们的手;我们;速度的创造者。

速度;横渡大池塘的涡轮机,

每枚螺帽和螺栓,每根铁条和螺丝钉,

每个配制的、旋转的传动轴,

它们俱来自我们,创造者,

我们,懂得怎样做,

我们,高级设计师和自动供应者,

我们,有头脑,

我们,有手,
我们,无论是长途运输,短途飞行,
我们都是创造者;要问责就问责我们——
速度的创造者。

小小的家

绿色的虫睡在白百合耳里。

红色的虫睡在白玉兰中。

闪亮的翅膀,你们是色彩的选择者。

你们明智地选取了你们的夏日小平房。

乳白的月光,让牛睡下

乳白的月光,让牛睡下。
从早上五点钟起,
它们从草地上站起来,
那里它们睡在自己的膝盖和跗关节上,
它们吃过草,给了奶,
再吃草,再给奶,
把头颅和牙齿紧贴在大地的脸上。
  现在,它们正看着你,乳白的月光。
  像看着平坦的风景般漫不经心,
  像看着一桶新的白牛奶般漫不经心,
  它们正看着你,一点也不想,不想知道
  月光是否一桶牛奶上的脱脂面层,
  一点也不想知道,只漫不经心地看着。
  让牛睡下,乳白的月光,
  让牛睡下。

缓慢程序

铁轨奔向太阳。

日落选择一小时。

栏杆的红丝带奔向一球红太阳。

丝带和球体像红色的水灯变化。

这情景跟着红色雾灯的缓慢程序浮动。

夕阳

夕阳低语着告别。
一个短暂的黄昏,一条通往星宿的路。
渐而跟草原与海边齐平,
入睡是容易的。

夕阳跳着告别舞。
把披巾半扔向天穹,
到了天穹,再越过天穹。
丝带在耳上,腰带在臀上,
舞着,舞着告别。而睡眠
与梦在这儿微微转侧。

对纽约的三种看法

纽约是一座多猫的城市。
有人说纽约是巴比伦。
纽约有玫瑰金色的薄雾。

纽约是一座多猫的城市;它们吃穷人的剩菜残羹,那些挺好的馊水;它们在防火梯上擦背,在巷里的桶上对泣;它们一出生便过着纽约的猫生活。

有人说纽约是巴比伦;在这里,巴比伦舞女随着肚脐的闪光脱衣,侍应则对着一如上次叫同一威士忌的老顾客低声说:"好的";而当他们看过这个需要很多准备、辛劳和天赋的东西,互相说过它是多么精彩之后,他们便吃着喝着,直至把它完全忘掉;他们谈的都是轻松的话题,例如哪些走私贩敢冒最大的风险,以及什么点子会让精明的走私贩不惜冒险犯难。

纽约有玫瑰金色的夜灯和夕阳；纽约有从汽船上看到的薄雾，有一缕聚合的、斑驳的、悬浮着的幽灵，有一个从污垢、工作、日光，以及睡眠之夜后的清晨誓言中举起来的、男人们的拳头形状。

纽约是一座多猫的城市。

有人说纽约是巴比伦。

纽约有玫瑰金色的薄雾。

脸

你这张脸,
你这随身携带的脸,
你从来没有为自己挑选过,
　从来没有——你有吗?
这张脸——有人把它
　交给你——我说得对吗?
有人说:"这是你的,现在就去看看
　你能用它做什么。"
有人偷偷把它塞给你,就像
　一个包袱,上面写着:
"货物出门,恕不退换"——
你这张脸。

夜曲两首

1
大海说的语言，有教养的人绝不重复。
这是一种巨大的清洁工俚语，毫不尊重。
孤独，是一件可怕的事情吗？

2
大草原什么也不说，除非雨愿意。
这是一个有自己想法的女人。
多去爱，是一件可怕的事情吗？

他们年轻时相遇

1
"我可以为玫瑰哭泣,想念你,
想念你的嘴唇,就像玫瑰一样,
想念嘴唇的相遇
以及眼睛相遇时的哭泣。"

"我可以在影子中爱你,为你
迷醉,醉至朝阳出现。
我可以触摸你年轻的心,
学会你所有热情的歌。"

"我能回应血的节拍器,
你甜蜜的吻的时间拍子。
我可以在眼睛相遇时的哭泣中
唱一首星星,或太阳的歌。"

2

"把你的嘴唇给我。

让埃及来或埃及去。

打开一扇星星的窗户。

让一袋流星坠下。

以一缕缠绕的丝来缠绕我们。

给我们挑个懒散的、愚蠢的月亮。

带我们去一个银蓝色的早晨。

实在受不了——释放你的嘴唇吧。

锤子大叫,锤子的规律

　敲打着锣,不断地

　敲打着锣。

实在受不了——把你的嘴唇给我

　——释放你的嘴唇吧。"

神秘传记

克里斯托夫·哥伦布是有所渴求的人,
他走遍半个世界追寻自己;
他出身贫苦,曾经行乞,最后坐牢,
克里斯托夫多么饥渴,克里斯托夫多么贫穷,
克里斯托夫戴着冰冷的钢铐,
可敬的、卓越的克里斯托夫·哥伦布。

札记

我曾思念海滩、田野、
眼泪、笑声。

我曾思念那些房子,盖好了——
又被风吹走了。

我曾思念那些相遇,以及
因每次相遇而来的道别。

我曾思念独自离去的星星,
成双的黄鹂,踉踉跄跄
恋恋不舍地死去的夕阳。

我曾希望放手,跨向
另一颗星,一颗最后的星。

我曾要求留下几滴眼泪

和一些笑声。

选自《人民，是的》

(1936)

17

"人民是一个神话,一种抽象概念。"

你会用什么神话来代替人民?

你会用什么抽象概念来交换这个呢?

什么时候,有创造力的人已不再沉溺于神话?

谁只为一次饱腹而战?除了这个,以无形皮鞭交织而成的人类抽象概念之外,还有什么名字更值得被记住呢?

"确切地说,人民是谁,又是什么?"

这是否远离去问什么是草?什么是盐?什么是海?什么是土?

什么是种子?什么是庄稼?为什么哺乳动物一出生便要喝奶,否则死亡?

而那个苜蓿地州长[1]是怎么说的？"老百姓是一头骡子，你说什么就做什么，除了继续被拴起来。"

---

[1] 指威廉·亨利·戴维斯·"苜蓿比尔"·摩雷（William Henry Davis "Alfalfa Bill" Murray, 1869—1956），美国教育家、律师、政治家，1930年被选为俄克拉何马州州长。"苜蓿比尔"这绰号的来由，是因为他在竞选时大力推动种植苜蓿的好处。

19

人民，是的，人民，
今天收到信件的每一个人
以及那些邮递员遗漏了的，
在灶旁做饭，在角落里缝补，在地窖里洗衣的妇女，
　那些家庭主妇，
在工厂里照料缝纫机的妇女——其中一些还是家中支
　柱，让失业的男人在家做饭、洗衣，
在街头四处找工作的人，朝气勃勃的散步者，飘过的
　梦游者，茫然绝望的穷途末路者，誓死战斗到底的
　游戏战士，
阅读广告牌和停下来研究窗户的散步者——广告牌和
　窗户瞄准了他们的眼睛，他们的愿望，
在门内门外四处观看，感受，试穿，试用，购买，带
　走，订购，缴款，付运，略过那些价格和条款说明
　的妇女，
购物的人群，报章的发行量，见证游行的旁观者——

他们迎接船和火车,蜂拥围观火灾、爆炸、意
　外——人民,是的——
他们的鞋底在石阶上磨出破洞,他们的手和手套在花
　岗岩栏杆上磨出平浅的凹洞,在一般送货窗口有两
　行磨损的脚印,
他们开着车,停下,又开走,红灯,绿灯,以及交通
　警察的指法,在路上,贷款和抵押,保证金补仓,
汽车、房子的供款;还有收音机、电冰箱、为过去供
　款而借贷的累计利息,到了要问钱从何处来的挣
　扎点,
罪行从四面八方涌进他们眼里,侵犯财产和人身的罪
　行,书刊和电影中的罪行,罪行是随时变成现实的
　潜伏影子,罪行是一种手段和技术,
喜剧是对罪行的抵消,笑料的制造者,新闻和电影中
　的奇数,独创的小丑和模仿者,而在最好的情况下,
　你永远也不知道接下来会发生什么,即使在它只是
　在胡扯的时候,
而在体育比赛中,第七局的一个接球失败是如何输掉

昨天的比赛，现在，他们正在学习如何击打达兹[1]的低速曲球，你听说过"笨蛋"[2]这天下午是如何越过那界线触地得分的吗？

还有每天高速货车的死亡人数；挡泥板、车轮、钢铁和玻璃碎片，令每分钟就有一个人受伤致残；在死因裁判庭陪审团面前结结巴巴的证人说："事情发生得太突然了，我不知道发生了什么。"

空气中有一道判决：生命是一场赌博；碰碰运气吧；你挑了一个数字，看看会得到什么：在这场彩票大抽奖中，任何事情都可能发生：拐角处可能是繁荣，也可能是最坏的经济萧条：谁知呢？没有人：你挑了一个数字，你抽了一张牌，你开枪射向尸骨。

在台球室里，年轻人听到的是："尘归尘，土归土，如果女人没有得到你，那么威士忌就必定会。"而在教堂里："我们行事为人，是凭着信心，不是凭着眼见。"

---

1 即查尔斯·亚瑟·"达兹"·万斯（Charles Arthur "Dazzy" Vance, 1891—1961），美国职业棒球员，乃著名投手。
2 "笨蛋"，原文为"Foozly"，当时一位棒球员的诨名。

年轻人在领唱的时段中经常这样说:"一切都是骗局,只有欺诈能手才能过得去。"

而超越最新的罪行或喜剧的,总是那无情的饭票,它说:不要失去我,保住你的工作,对那份工作一心一意吧,否则当你不名一文时,便要靠家人和救济过活,

对这些未知事物的恐惧,是一圈黑暗的幽灵,它们让男男女女都活在辛劳、危难,甚至是羞耻中,远离他们美好日子的梦想,他们得靠自己出发之前的时光。

我们听说的这个"职业病"是什么?这是一种因你从事的工作而让你健康受损的疾病。就是这样。另一种工作,你会和他们任何一个同样优秀。你会是你以前的自己。

而这份"危险职业"是什么呢?这就是你会很容易在工作中送命或被击垮的原因所在,所以你不再胜任那份工作,这也是为什么只要你还在做那份工作,就不能得到任何正常的人寿保险。

于是他们是英雄——在普通百姓中的——英雄,你是

这样说吗？为什么不是呢？他们尽其所能，不问任何问题，接受所发生的一切，你还想额外要求什么？在大街上你随时都能看到他们，有些有工作，有些无所事事，这里有一个穷途末路人，那里有一个誓必战斗到底的游戏战士。

21

谁认识这些人民，移民来的收割手和采浆果者，高利
　　贷的受害者，推销分期付款房子的豺狼，在沙子和
　　木头中的杂耍者——他们在铸造你的汽车引擎框架
　　的模子上磨滑了双手，
金属磨光者，焊工，为汽车完成最后加工的喷漆手，
复兴者和螺栓捕手，大城市空中的牛仔，大平原的牧
　　牛工，前罪犯，侍者，搬运工，看厕所的人——
工会组织者——他的名单上有准备加入的和犹豫不决
　　的人，为每一步组织行动打报告的秘密付费线人，
逐户游说的拉票人，按门铃的人，说早上好你听说过
　　吗的小伙子，罢工纠察队员，破坏罢工的人，雇来
　　的强击手，救护人员，救护车追逐者，照片追逐者，
　　抄表员，采蚝船船员，港口灯标的投标人——
　　　　谁认识这些人民？

谁认识这些，从最坏到最好的？人民，是的。

107

　　人民会活下去。
那些在学习中跌跌撞撞的人民会活下去。
　　他们会受骗,一再被出卖,
然后回到滋养他们的土地重新扎根,
　　人民在重生和回归中是如此奇特,
　　你不能对他们这种能耐一笑置之。
猛犸象在它掀起的风暴戏剧中休息。

人民常常瞌睡,困乏,难以捉摸,
是一个庞大的群体,里面许多单位说:
　　"我要谋生,
　　我要挣够钱过活,
　　这耗尽我的时间。
　　如果我有更多时间,
　　我可以为自己,也许还可以
　　为他人多做点事。

我可以阅读，学习，

与人交谈，

找出事物真相。

这需要时间。

我希望我有时间。"

人民有悲剧和喜剧两面：

英雄和流氓：幽灵和扭着兽状滴水嘴似的

嘴巴、悲叹着的大猩猩："他们

买我，卖我……这是一场游戏……

总有一天我会挣脱……"

　一旦迈步前进，

跨越动物需要的边缘，

跨越纯粹生存的严酷界限，

　人就会来到

他骨头里更深层次的仪式，

来到比任何骨头更亮的光辉，

来到认真思考事物的时间，

来到舞蹈、歌曲、故事，
或专门用来做梦的时光，
　一旦这样迈步前进。

在五种感官的有限边界
和人类对超越的无穷渴望之间，
人民服从工作和果腹的单调要求，
但当情况许可，他们便会伸出手去
渴求五官监狱以外的光明，
渴求超越任何饥饿或死亡的纪念物。
　这种渴求充满生命力。
尽管谄媚和说谎者亵渎和污损了它，
　但为了光明和纪念物，
　这种渴求还是充满生命力。

　人民知道大海的盐，
　鞭打地角的
　风的力量。
　人民把大地

视作安息的坟墓，希望的摇篮。

还有谁为人类家族发声呢？

他们跟宇宙法则下的星宿

同步并进。

人民是一件多彩艺术品，

一张光谱，一枚在移动的

独块巨石中握着的棱镜，

一座不断改变主旋律的风琴，

一个彩色诗歌的克莱夫卢克斯[1]，

在里面，大海提供了雾，

雾又从雨中散开，

拉布拉多[2]的夕阳缩短为

一支清澈星辰的夜曲，

---

1 "克莱夫卢克斯"（Clavilux）来自拉丁语，由托马斯·威尔弗雷德（Thomas Wilfred, 1889—1968）于1920年创造，它是一个色彩机器模型。
2 拉布拉多（Labrador），即纽芬兰与拉布拉多省，加拿大的十个省之一。

在北极光喷洒的炫丽中

安静自在。

钢铁厂的天空生气盎然。

炉火在枪金属色的薄暮中

激射出白炽炽的锯齿状火屑。

人类要很久才到来。

但人类仍会胜利。

兄弟还会和兄弟站在一起:

这古老的铁砧嘲笑许多折断了的锤子。

有些人是不能收买的。

生于火的安于火。

星群一声不响,

你不能阻止风吹。

时间是伟大的导师。

谁能活在无望中?

在黑暗中,人民带着

巨大的悲痛前进。

在夜幕中，人民永远顶着

　一铁锹星星前进：

　　　　"到哪里去？下一步怎样？"

选自《诗全集》

（1950）

布里姆

布里姆的锤子打中一辆手推车；一枚银色的铁片穿过眼睛的晶状体进入眼球。

白色床单上的布里姆想知道他会不会失去一只眼睛，以及当一个女人说不能接受一个独眼男人时，那婚礼会不会延期。

医生说，那只眼睛或可留得住；医生用 X 光检查，用手术刀切开，用金属线稳住切口，用磁铁把银色铁片吸出来，缝上眼球，说一星期后眼睛就可救回来。

布里姆现在知道婚礼要延期了；在白色的床单之间，一眼昏黑的他知道，他的心上人将不会在有生之年的早餐上面对一个独眼男人。

一个月后；医生知道那只眼睛没救了；医生在思考；

告诉一个男人什么必须再告诉一个女人——而她正想知道,让一个独眼男人终生跟她一起吃早餐是否值得——实在是不容易的。

布里姆在白色床单上思考;医生在他的办公室里思考;女人……女人……

被遗忘的弗朗索瓦·维庸[1]

我被遗忘的那个城市里的女人,
那些忘了我的黑眼女人听见我歌唱,
这帮助她们忘记更多,
而我唱着唱着帮助她们忘记,
在这座我歌唱以被遗忘的城市。

我跟一个被十个男人遗忘的女人睡。
她说我会忘记她,她会忘记我。
她说我俩可以唱一首歌,
  关于昨天是多么苦涩,
还有另一首,是明天会更苦。
我俩唱了这些歌。

---

1 弗朗索瓦·维庸(François Villon, 1431—1463),法国中世纪杰出的诗人。

五个女人说他们会忘记我,

因为我以半碎的心歌唱,

因为我像一个毫无期待的男人般歌唱。

　　五个女人把我遗忘了。

　　问她们,她们答说:

　　对他的记忆朦胧如雾,

　　　　啊,他早已不在了。

锤子

我看见
旧神去了
新神到来。

日复日
年复年
偶像倒下
偶像升起。

今天
我崇拜锤子。

锤击

格兰特用大锤敲击，敲击，李用大锤敲击，敲击，
两把锤子的末端互相磨咬，破损，碎裂，消亡，
没有人知道战争会如何结束，每个人都向上帝祈求，
　他的锤子会比别的锤子更耐久，
因为整场战争系于一个大悬念：谁的锤子最坚硬，
而到最后，其中一边赢得胜利，是因为锤子比另一边
　的更坚硬。
给我们一把够硬的锤子，一把够长的锤子，我们将可
　击破任何一个国家，
粉碎你能说出的任何星球，或者把太阳和月亮击成齑粉。

尘埃

这里的尘埃记得,曾经是玫瑰
　簪在一个女子的发上。
这里的尘埃记得,曾经是女子
　簪一朵玫瑰在发上。
哦,事物都是前尘,此刻又是什么?
　是你的梦记得从前的日子?

我们要有礼貌
——教导儿童在特殊情况下如何保持礼貌

1
如果遇到一只大猩猩,
我们该怎么办?

如果我们愿意,
可以有两种做法。

对着大猩猩,
非常,非常恭敬地说:
"先生,您好!"

或者,以不那么在意的
态度对它说:
"喂,你为什么不
回到你的家乡去呢?"

2
如果一头大象敲你的门
想讨一些食物，
可以有两种说法：

告诉它屋里除了一些冷饭，
已没有什么了，到隔壁去
会比较好些。

或说：我们没有什么了，只有
六蒲式耳土豆——这够不够
做你的早餐，先生？

月亮狂想曲两首

1
她恳求月亮站着不动,
月亮为她站着不动,
应她所求,一个宁静期来了。
"我恋爱了",她说。
她伸出一根手指,
用一根小指推着月亮,
把月亮放在她想要的地方。
"我恋爱了",她说。
　　后来有一天,在很久以后,
　　她发觉自己的魔法失灵了。
　　月亮还是一样,
　　她那根手指也是,
　　什么也没有发生。
她的笑声听起来很快活,当她哭着说:
　　"未识破前,这是一个很好的骗局。"

2

月亮是一桶啤酒,

金黄而光滑的啤酒。

月亮上的马把头

伸进这桶里去喝。

月亮上的猫、狗、老鼠,

也到这桶里去喝。

于是一个幽灵讲述它。

对他来说,月亮意味着酒和酒徒。

月亮是一盘隐藏的书。

朝它伸出一只手臂,

用双手四处摸索,

你取出已经写好的书,

还有许多尚未为月亮写好的书

掌握着过去、现在、未来。

于是一个幽灵叙说这事。

对他来说,圆盘意味着印刷品和印刷商。

我们的地狱

弥尔顿为我们打开了地狱,
让我们看一看。
但丁也这样做。
每座地狱都很独特。
一座是弥尔顿的,一座是但丁的。
弥尔顿把人间一切
对他来说的地狱,
都写了进去。
但丁把人间一切
对他来说的地狱,
都写了进去。

如果你为我打开你的地狱,
我为你打开我的,

将会有两座独特的地狱,

我们展示着

各自心目中的人间地狱。

你的是一座地狱,我的是另一座。

图书在版编目（CIP）数据

烟与钢：桑德堡诗选 ／（美）卡尔·桑德堡
（Carl Sandburg）著；钟国强译 .—南京：译林出版
社，2023.8
（俄耳甫斯诗译丛）
ISBN 978-7-5447-9629-3

Ⅰ.①烟… Ⅱ.①卡… ②钟… Ⅲ.①诗集－美国-现代 Ⅳ.①I712.25

中国国家版本馆 CIP 数据核字（2023）第 106351 号

烟与钢：桑德堡诗选 ［美国］卡尔 · 桑德堡／著 钟国强／译

丛书主编	凌　越
责任编辑	张　睿
装帧设计	陆智昌
校　　对	孙玉兰
责任印制	闻媛媛

出版发行	译林出版社
地　　址	南京市湖南路 1 号 A 楼
邮　　箱	yilin@yilin.com
网　　址	www.yilin.com
市场热线	025-86633278
排　　版	南京展望文化发展有限公司
印　　刷	南京爱德印刷有限公司
开　　本	787 毫米 ×1092 毫米　1/32
印　　张	11.125
插　　页	4
版　　次	2023 年 8 月第 1 版
印　　次	2023 年 8 月第 1 次印刷
书　　号	ISBN 978-7-5447-9629-3
定　　价	78.00 元

版权所有·侵权必究

译林版图书若有印装错误可向出版社调换。质量热线：025-83658316